# CUCA FUNDIDA

Livros do autor na Coleção **L&PM** POCKET:

*Adultérios*
*Cuca fundida*
*Que loucura!*
*Sem plumas*

# Woody Allen

# CUCA FUNDIDA

*Tradução de* Ruy Castro

www.lpm.com.br

**L&PM** POCKET

Coleção **L&PM** POCKET, vol. 133

Texto de acordo com a nova ortografia.
Título original: *Getting Even*

Este livro foi publicado pela L&PM Editores, em formato 14x21cm, em julho 1978.
Primeira edição na Coleção **L&PM** POCKET: outubro de 1998
Esta reimpressão: abril de 2024

*Tradução*: Ruy Castro
*Capa:*Ivan Pinheiro Machado sobre desenho de Edgar Vasques
*Revisão*: Cintia Moscovich, Renato Deitos e Andrea Vigna

ISBN 978-85-254-0707-8

---

A432c  Allen, Woody, 1935                  Pseud
           Cuca Fundida / Allen Stewart Konigsberg; tradução de
        Ruy Castro. – Porto Alegre: L&PM, 2024.
           160 p. ; 18 cm – (Coleção L&PM POCKET; v. 133)

           1. Ficção norte-americana-Humor. 2.Konigsberg,
        Allen Stewart, 1935-. I. Título. II. Série.

                              CDD 817
                              CDU 820(73)-7

---

Catalogação elaborada por Izabel A. Merlo, CRB 10/329.

© 1966, 1967, 1968, 1969, 1970, 1971 by Woody Allen.
Publicado em português mediante acordo com a Random House, selo da Random House Publishing Group, uma divisão da Random House Inc.

Todos os direitos desta edição reservados a L&PM Editores
Rua Comendador Coruja, 314, loja 9 – Floresta – 90.220-180
Porto Alegre – RS – Brasil / Fone: 51.3225.5777

PEDIDOS & DEPTO. COMERCIAL: vendas@lpm.com.br
FALE CONOSCO: info@lpm.com.br
www.lpm.com.br

Impresso no Brasil
Outono de 2024

# Um lápis na mão e
# Um espinho no dedo

*Ruy Castro*

Houve um grande escritor americano, chamado Nathanael West, que tinha um espinho no dedo. Geralmente não doía. Só quando ele escrevia – porque era o dedo que ele usava para escrever. Se vocês leram *O Dia do Gafanhoto*, devem ter percebido. O que tem isso a ver com Woody Allen? Para dizer a verdade, nada, mas eu não resisti à tentação de citar Nathanael West. Pensando bem, os dois têm uma coisa em comum: ambos se especializaram em vender neuroses. A diferença é que West custou a encontrar quem comprasse. (Morreu em 1939, depois de publicar quatro livros que ninguém leu, e teve de esperar até que o cinema o redescobrisse, em 1973, para gozar de uma merecida, porém efêmera, glória póstuma.) E Woody Allen, vocês sabem.

Woody levou apenas alguns anos para fazer sucesso da noite para o dia. Mas também não foi fácil. Como quase todo o mundo, ele começou de baixo e custou a decolar. Afinal, não deve ter sido brincadeira nascer no Brooklyn, em 1935, e de uma família pobre. Uma das poucas vantagens da pobreza é a de que você não precisa escovar os dentes quatro vezes por dia. Quando as coisas melhoraram um pouco, seu pai tentou obrigá-lo a estudar violino, mas Woody foi salvo pelos vizinhos, que se revoltaram com tanto sadismo. Anos depois, já estudante, foi rejeitado na equipe de xadrez da escola, por causa de sua altura. Como se não bastasse, foi expulso de duas faculdades – na primeira vez, sob a acusação de ter sonhos eróticos durante a aula de epistemologia; na segunda, durante um exame de metafísica, porque o professor o flagrou olhando para a alma do aluno sentado ao seu lado.

A partir de 1952, começou a escrever piadas para cômicos de cabaré e televisão. As piadas eram tão melhores que os cômicos que, apenas 12 anos depois, em 1964, Woody teve permissão para subir ao palco e dizê-las ele mesmo. No dia de sua estreia, teve um ataque agudo de *stage fright* durante o espetáculo e perdeu a fala, mas ninguém notou – todos riram assim mesmo. Essas coisas consagram um ator, mas o dono do cabaré não achou assim: demitiu Woody e substituiu-o por outro sujeito, que hoje está vendendo barbatanas para colarinhos na esquina da Rua 82 com a Rua 83, em Nova York. (Está bem, eu sei que essas ruas não fazem esquina, mas é por ali.)

Woody não se apertou. Tanto que até se casou com a moça que seu pai lhe havia escolhido. Naturalmente não deu certo. "Minha mulher era rigorosamente infantil", confessou Woody. "Um dia eu estava tomando banho na banheira e ela afundou todos os meus barquinhos sem o menor motivo."

Em 1965, ele teve a ideia para aquele filme *O Que é Que Há, Gatinha? (What's New, Pussycat?)*. Escreveu o roteiro, os diálogos e o seu papel que, naturalmente, devia ser o principal. No entanto, os produtores roubaram-lhe o papel e entregaram-no a Peter Sellers, muito mais bilheteria na época. Woody teve de contentar-se com um papel secundário, com o qual roubou o resto do filme. Hoje, Peter Sellers é obrigado a aceitar os papéis que Woody Allen recusa.

O resto da história vocês conhecem. Woody começou a escrever, dirigir e interpretar os seus filmes e a não deixar que mais ninguém desse palpite neles. Esses filmes, por enquanto, são *Um Assaltante Bem Trapalhão (Take the Money and Run*, 1969), *Bananas* (1970), *Tudo Que Você Queria Saber Sobre Sexo (Everything You Always Wanted To Know About Sex*, 1972), *O Dorminhoco (Sleeper*, 1974), *A Última Noite de Boris Grushenko (Love and Death*, 1975) e *Noivo Neurótico, Noiva Nervosa (Annie Hall*, 1976). E, é claro, escreveu também *Sonho de um Sedutor (Play it Again, Sam*, 1973), que deixou para Herbert Ross dirigir, e apareceu num papel sério em *Testa de Ferro por Acaso (The Front*, 1976), dirigido por Martin Ritt. Mas, depois dos Óscares de melhor filme, melhor direção e melhor roteiro que ganhou com *Noivo Neurótico*, nem Hollywood permitirá que Woody Allen trabalhe sob as ordens de outra pessoa.

Toda terça-feira à noite, ele pode ser ouvido tocando clarinete com sua banda de *dixieland* num clubinho mínimo de Nova York, chamado Michael's Pub. Eu disse ouvido, e não visto, porque Woody se esconde por trás da tuba. As pessoas sabem que aquele é o Woody Allen, porque há um cartaz na porta dizendo isso. O mais engraçado é que ele toca bem, embora *dixieland* seja aquele tipo de música que só tem graça para quem está tocando. Não importa, as pessoas lotam o Michael's Pub, porque esperam que, a qualquer momento, Woody tire o clarinete da boca e diga alguma coisa engraçada. Mas ele nunca diz. E é aí que as pessoas acham mais engraçado ainda, porque pensam que ele está se fingindo de sério. Mas, na minha opinião, o único que está vendo uma graça louca naquilo tudo é o próprio Woody. E, voltando ao clarinete, ele *realmente* toca bem, mas sua única coisa em comum com Benny Goodman são os óculos.

No meio de tudo isso, Woody ainda acha tempo para colaborar com certa frequência para a revista *New Yorker*. Se vocês conhecem o *New Yorker*, sabem que é uma das revistas mais chiques do mundo. Nos últimos 50 anos, o sonho de todos os grandes escritores americanos foi o de escrever para ela. Alguns de seus colaboradores fixos foram

Edmund Wilson, Dorothy Parker, Robert Benchley, S. J. Perelman, Shirley Jackson, Christopher Isherwood, Irwin Shaw, Thomas Wolfe, John Updike. Seus cartunistas eram James Thurber, Peter Arno, Charles Addams e – devo acrescentar, ou será covardia demais? – Saul Steinberg. Truman Capote começou lá – como *boy*. J. D. Salinger também começou lá, apanhando o centeio que Harold Ross, o editor, deixava cair no chão. Pois bem: é nessa revista que Woody Allen publicou os contos que fazem parte deste livro.

Não pensem que escrever seja uma atividade secundária para Woody. Seu primeiro sonho na vida não foi o de ser o novo Chaplin ou Keaton, mas o de ser o novo Benchley ou Perelman. Se continuar insistindo, vai conseguir. Acham que é fácil? Perguntem a Millôr Fernandes, Luis Fernando Verissimo e Ivan Lessa, que são os melhores humoristas brasileiros deste momento. Eles têm segredos que não seriam capazes de revelar nem se espetados à parede por um crítico estruturalista. No caso de Woody deve ter sido ainda mais difícil, porque Benchley já morreu e Perelman é muito cioso de seus truques. Portanto, Woody foi obrigado a aprender tudo sozinho. Mas não se preocupem, ele está indo muito bem.

De "Viva Vargas", por exemplo, saiu a história para *Bananas*. Várias situações deste ou daquele conto recorrem neste ou naquele filme. Ele nunca joga nada fora, no que faz muito bem, nesses tempos meio ruços. O forte de Woody são as paródias, como vocês vão descobrir. E não torçam o nariz, porque *Don Quixote* também era uma espécie de paródia. Bem, vejamos agora. Woody Allen será um escritor profundo ou profundamente engraçado? Tanto faz. Há quem ria de Mark Twain e chore lendo John Steinbeck, por mais que isso pareça ridículo. Na minha opinião, devia ser o contrário.

Ah, sim, aquela história do Nathanael West. Acho que Woody Allen também tem um espinho no dedo, provavelmente debaixo da unha e já bem inflamado, e deve doer muito. Mas não em mim. E foi por isso que eu mesmo ri muito enquanto traduzia estes contos.

*Julho 1978*

# Índice

O Cara .................................................................. 13
Os Róis de Metterling ...................................... 27
A Morte Bate à Porta........................................ 36
Uma Espiada no Crime Organizado................ 50
Minha Filosofia.................................................. 57
A História de Uma Grande Invenção .............. 64
Como Realfabetizar um Adulto ...................... 71
Contos Hassídicos............................................. 78
Correspondência entre Gossage e
    Vardebedian ................................................. 86
Reflexões de um Bem-Alimentado ................. 97
Os Anos 20 Eram Uma Festa ........................ 104
Conde Drácula ................................................ 110
Pouco Mais Alto, Por Favor ......................... 117
Conversações com Helmholz ....................... 127
Viva Vargas! ................................................... 137
Descoberta e Uso do Respingo Imaginário... 148
As Memórias de Schmeed ............................ 151

# O Cara

Eu estava tranquilamente em meu escritório, limpando os restos de pólvora do meu 38, e imaginando qual seria o meu próximo caso. Gosto muito dessa profissão de detetive particular e, embora ela me obrigue de vez em quando a ter as gengivas massageadas com um macaco de automóvel, o aroma das abobrinhas até que faz a coisa valer a pena. Sem falar nas mulheres, nas quais não costumo pensar muito, exceto quando estou respirando. Assim, quando a porta do meu escritório se abriu e uma loura, de cabelos compridos, chamada Heather Butkiss, entrou rebolando e dizendo que posava para determinadas revistas e que precisava de minha ajuda, minhas glândulas salivares passaram uma terceira e aceleraram. Estava de minissaia e usava uma camiseta justa, tinha mais curva do que uma tabela estatística e seria capaz de provocar uma parada cardíaca até num caribu.

"O que quer que eu faça, meu bem?" – perguntei logo, para não criar maiores intimidades.

"Quero que encontre uma pessoa."

"Uma pessoa desaparecida? Já tentou a polícia?"

"Não exatamente, Sr. Lupowitz."

"Pode me chamar de Kaiser, meu bem. OK, quem é o cara?"

"Deus."

"Deus?"

"Isso mesmo. Deus. O Criador, o Princípio de Todas as Coisas, o Onisciente, Onipresente e Onipotente. Quero que O encontre para mim."

Olhem, já tive alguns malucos no escritório antes, mas, com uma forma física daquelas, você é obrigado a ouvir.

"Por que quer que eu te encontre Deus?"

"Isso é da minha conta, Kaiser. Só quero que O encontre."

"Olhe, meu bem, acho que você procurou o detetive errado."

"Por quê?"

"A menos que você me dê os dados."

"Está bem, eu dou" – ela respondeu, mordiscando ligeiramente o lábio inferior e levantando a saia para ajustar as meias, lá no alto das coxas, só porque viu que eu estava olhando. Naturalmente, fiz de conta que não vi.

"Vamos jogar limpo, meu bem" – eu disse, implacável.

"Bem, a verdade é – eu não poso para revista nenhuma."

"Não?"

"Não. Nem meu nome é Heather Butkiss. Chamo-me Claire Rosensweig e sou estudante de filosofia. História do Pensamento Ocidental, você sabe. Tenho que entregar minha tese até janeiro. Sobre a religião ocidental. Todos os meus colegas estão preparando teses especulativas. Mas, na minha, quero ter *certeza*. O professor Grebanier disse que se alguém *provar* alguma coisa, ganhará nota máxima. E papai disse que me daria um Mercedes se eu conseguisse."

Abri um maço de Lucky Strike e um pacotinho de chicletes e enfiei um de cada na boca. A história dela estava começando a me interessar. Intelectualoide mimada. Corpo nota 10: e um QI que eu gostaria de conhecer melhor.

"Pode me dar uma descrição de Deus?"

"Nunca O vi."

"Então como sabe que Ele existe?"

"Isso compete a você descobrir."

"Oh, que ótimo! Quer dizer que você não sabe como é a cara Dele e nem por onde devo começar?"

"Para dizer a verdade, não. Embora eu suspeite que Ele esteja em toda parte. No ar, nas flores, em você, em mim – talvez até nesta cadeira."

"Estou entendendo." Ela era panteísta. Tomei nota mentalmente daquilo e prometi que iria dar uma espiada por aí – por 100 dólares ao dia, mais as despesas e um convite para jantar. Ela sorriu e disse tudo bem. Descemos juntos pelo elevador. Estava ficando escuro lá fora. Podia ser que Deus existisse, mas o certo é que havia naquela cidade um bando de caras que iriam tentar me impedir de encontrá-lo.

Minha primeira pista era o rabino Itzhak Wiseman, que havia tempos me devia um favor por eu ter descoberto quem estava esfregando carne de porco em seu chapéu. Desconfiei de que havia algum perigo iminente, porque ele estava apavorado quando o procurei.

"É claro que Este de quem você está falando existe, mas não posso nem dizer Seu nome, senão Ele me fulmina com um raio. Não consigo entender por que alguns são tão sensíveis quanto a um simples nome."

"Já O viu alguma vez?"

"Se eu O vi? Você deve estar maluco. Posso me dar por feliz quando consigo ver meus netos."

"Então como sabe que Ele existe?"

"Que pergunta mais cretina! Como eu poderia usar um terno caro como esse se Ele não existisse? Olhe aqui, sinta o tecido. Caríssimo! Como posso duvidar de sua existência?"

"Mas só isso?"

"E você acha pouco? E o Velho Testamento, o que acha que é? Um suplemento esportivo? E como acha que Moisés conduziu os hebreus para fora do Egito? Sapateando e gritando oba? E pode me acreditar: é preciso mais do que um alisador de cabelo para domar as ondas encapeladas do Mar Vermelho e reparti-las ao meio. É preciso poder!"

"Quer dizer que o Homem é durão, hem?"

"Duríssimo. Mais do que você pensa."

"E como sabe disso tudo?"

"Porque nós somos os eleitos. Cuida de nós como de Seus filhos e, aliás, este é um assunto que algum dia ainda vou discutir com Ele."

"O que você paga a Ele para ser um dos eleitos?"

"Não posso responder."

E foi isso aí. Os judeus estavam todos no esquema. Sabem, aquela velha jogada de pagar proteção. Toma lá, dá cá. E, pelo que o rabino falava, Ele tomava mais do que dava. Peguei um táxi e fui ao Danny, um salão de bilhares na 10ª Avenida. O gerente era um sujeitinho raquítico e ligeiramente morrinha.

"Chicago Phil está por aqui?" – perguntei.

"Quem está querendo saber?"

Agarrei-o pelas lapelas, no que devo ter também agarrado alguma pele.

"O que você perguntou, seu merda?"

"Está lá nos fundos" – ele respondeu, mudando subitamente de atitude.

Chicago Phil. Falsificador, assaltante de bancos, meliante tristemente célebre e ateu confesso.

"O Cara não existe, Kaiser. O resto é conversa fiada. Cascata pura. Essa história de Chefão é farol. Na realidade, é uma quadrilha inteira que age em Seu nome. A maior parte sicilianos. Internacional, sacou? Mas sem essa de dizer que um deles é O Cara. Só se for o Papa."

"Gostaria de falar com o Papa" – arrisquei.

"Posso ver isso pra você" – respondeu, me dando uma piscadela.

"O nome Claire Rosensweig significa alguma coisa pra você?"

"Não."

"E Heather Butkiss?"

"Butkiss? Hei, claro! É aquela oxigenada que estuda metafísica."

"Metafísica? Ela disse filosofia!"

"Estava mentindo. É professora de metafísica. Andou transando por uns tempos com um professor de filosofia."

"Panteísta?"

"Não. Empiricista, se bem me lembro. Um reacionário. Rejeitou completamente Hegel ou qualquer outra metodologia dialética."

"Um daqueles, não é?"

"Isso mesmo. Antigamente, tocava bateria num trio de jazz. Depois se viciou em Positivismo Lógico. Quando isso também mixou, tentou Pragmatismo. A última notícia que ouvi dele foi a de que tinha roubado uma fortuna para fazer um curso de Schopenhauer na Universidade de Colúmbia. A quadrilha anda atrás dele – para pegar suas apostilas e vendê-las por bom preço."

"Obrigado, Phil."

"Vá por mim, Kaiser. O Cara não existe. Branco total. Eu não passaria metade dos cheques sem fundo ou engrupiria os outros, como faço, se tivesse a menor sensação da autenticidade do Ser. O universo é estritamente fenomenológico. Nada é eterno. Tudo é sem sentido.

"Quem ganhou o 5º páreo?"

"Santa Baby."

Tomei uma cerveja numa birosca chamada O'Rourke's e tentei juntar as pontas, mas nada ligava com nada. Sócrates tinha se suicidado – pelo menos, era o que corria pelas bocas. Cristo fora assassinado. Nietzsche pirara de vez. Se o Cara realmente existisse, não queria que ninguém tivesse certeza. E por que Claire Rosensweig teria mentido? Será que Descartes estava certo? O universo era mesmo dualístico? Ou a razão estaria com Kant, que condicionou a existência de Deus a certos padrões morais?

Àquela noite fui jantar com Claire. Dez minutos depois de pagar a conta, já estávamos na horizontal e vocês podem pensar o que quiserem, desde que se trate de Pensamento Ocidental. Ela teria ganho medalhas de ouro em várias provas olímpicas, inclusive salto com vara e 100 metros de peito. Em seguida, deitou-se no travesseiro ao meu lado, ocupando também o meu travesseiro com sua cabeleira. Acendi um cigarro e, enquanto olhava para o teto, perguntei:

"Claire, e se Kierkegaard estivesse certo?"

"Sobre o quê?"

"Sobre o conhecimento, o verdadeiro conhecimento. E se dependesse da nossa fé?"

"Isso é absurdo."

"Não seja tão racional."

"Não estou sendo racional, Kaiser." Ela também acendeu um cigarro. "Não me venha com esse papo ontológico. Pelo menos agora. Não estou com saco."

Ela estava perturbada. Quando me inclinei para beijá-la, o telefone tocou. Ela atendeu.

"É pra você."

A voz do outro lado era a do sargento Reed, da Homicídios.

"Continua procurando Deus?"

"Continuo."

"O tal Onipresente, Onisciente e Onipotente? Criador de Todas as Coisas e tal e coisa?"

"Ele mesmo."

"Alguém com essa descrição pintou no necrotério. Venha dar uma olhada."

Fui correndo. Quando cheguei lá, não tive dúvidas: era Ele. E, pelo Seu aspecto, tinha sido um trabalho profissional. Bati um rápido papo com o tira de plantão.

"Já estava morto quando O trouxeram" – ele disse.

"Onde O encontraram?"

"Num armazém do subúrbio."

"Alguma pista?"

"Trabalho de um existencialista. Isso é óbvio."

"Como sabem?"

"Sem método, aleatório, como se não seguisse nenhum sistema. Puro impulso.

"Um impulso irresistível?"

"É isso aí. Logo, você é um dos suspeitos, Kaiser."

"Eu??? Por quê?"

"Todo mundo sabe como você se sentia sobre Ele."

"Está certo, mas isso não quer dizer que eu O tenha matado."

"Por enquanto não, mas é um dos suspeitos."

Lá fora, na rua, respirei fundo e tentei clarear a cabeça. Tomei um táxi para Newark e, lá chegando, caminhei mais um quarteirão e entrei num restaurante italiano chamado Giordino's. Claro, numa mesa dos fundos, lá estava Sua Santidade. Era o Papa, sem dúvida. Sentado entre dois caras que eu já tinha visto numa lista de Mais Procurados.

Ele mal levantou os olhos de seu *fettucine*. Apenas disse:

"Sente-se." Estendeu-me o anel. Abri meu melhor sorriso, mas não o beijei. Ele ficou desapontado e eu achei ótimo. 1 a 0 para mim.

"Está servido de *fettucine*?"

"Obrigado, Santidade. Mande brasa."

"Não quer nada? Nem salada?"

"Acabei de comer."

"Como quiser, mas depois não se queixe. O tempero aqui é ótimo. Ao contrário do Vaticano, onde não conseguem fazer nada comível."

"Pretendo ir direto ao assunto, Pontífice. Estou à procura de Deus."

"Pois veio à pessoa certa."

"Quer dizer que Ele existe?"

Os três riram muito. O cara ao meu lado disse: "Que gracinha! O rapaz quer saber se Ele existe!"

Procurei uma posição mais confortável na cadeira e depositei todo o peso do meu pé sobre seu dedo mindinho. "Desculpe". Mas notei que ele tinha ficado uma onça. O Papa continuou:

"Claro que existe, Lupowitz. Mas eu sou o único que se comunica com Ele. Sou o Seu porta-voz."

"Por que você, meu chapa?"

"Porque só eu uso essa túnica vermelha."

"Esse roupão aí?"

"Não zombe. Toda a manhã, quando me levanto, visto esta única e penso comigo: Estão falando com Ele! O hábito faz o monge. Pense bem: se eu andasse por aí, de jeans e rabo de cavalo, acabaria sendo preso por vadiagem."

"Quer dizer que é tudo cascata. Não existe Deus."

"Não sei. Mas que diferença faz?"

"Você nunca pensou que a lavanderia podia atrasar a entrega da sua túnica, tornando-o igualzinho a nós?"

"Uso sempre o serviço urgente. Vale a pena, só pra garantir."

"Claire Rosenweig quer dizer alguma coisa?"

"Claro. Trabalha no Departamento de Ciências de uma faculdade dessas por aí."

"Ciências, você disse? Obrigado!"

"Obrigado por quê?"

"Pela resposta, Pontífice."

Peguei o primeiro táxi (o qual foi o quarto ou o quinto) e me mandei. No caminho parei em meu escritório e chequei algumas coisas. Enquanto dirigia para o apartamento de Claire, juntei as peças do quebra-cabeça e, pela primeira vez, elas se ajustaram. Quando Claire abriu a porta, usava um *peignoir* diáfano e parecia grilada.

"Deus morreu! A polícia esteve aqui. Estão te procurando. Acham que o criminoso foi um existencialista."

"Nada disso, meu bem. Foi você."

"Corta essa, rapaz."

"Foi você quem o matou."

"Que história é essa?"

"Você mesma. Nem Heather Butkiss nem Claire Rosensweig, mas simplesmente dra. Ellen Shepherd."

"Como descobriu meu nome?"

"Professora de física na Universidade de Bryn Mawr. A mais jovem catedrática de todos os tempos por lá. Nas férias deste ano ligou-se a um baterista de jazz, viciado em filosofia. Ele era casado, mas isso não a impediu. Passou com ele uma ou duas noites e achou que estava apaixonada. Mas não deu certo porque Alguém se interpôs entre vocês: Deus. Sacou, meu bem? Ele acreditava no Cara, mas você, com a sua mente estritamente científica, precisava ter certeza."

"Não é nada disso, Kaiser. Eu juro!"

"Assim, você fingiu estudar filosofia porque isto lhe daria uma chance para eliminar certos obstáculos. Livrou-se de Sócrates com certa facilidade, mas aí Descartes entrou em cena e você serviu-se de Spinoza para ver-se livre de Descartes. Mas quando Kant apareceu, você descobriu que tinha de livrar-se dele também."

"Você não sabe o que está dizendo."

"Entregou Leibnitz às baratas, mas isso não bastava porque você sabia que se alguém acreditasse em Pascal você estaria perdida, e assim tinha de livrar-se dele também. Mas foi aí que você cometeu um erro, porque confiou em Martin Buber. E o erro foi o de que ele acreditava em Deus. Portanto, você mesma teve de matar Deus."

"Kaiser, você está louco!"

"Não, meu bem. Você se fingiu de panteísta e isto lhe deu acesso a Ele – se Ele existisse, como existe. Foi com você à festa de Shelby e, quando Jason estava distraído, você O matou."

"Quem são Shelby e Jason?"

"E que diferença faz? A vida é absurda assim mesmo."

Ela começou a tremer.

"Kaiser, você não vai me entregar, vai?"

"Claro que vou, meu bem. Quando Deus é mandado para o pijama de madeira, alguém tem de pagar a conta."

"Oh, Kaiser, vamos fugir juntos. Só nós dois! Vamos esquecer essa história de filosofia e nos dedicarmos, quem sabe, à semântica!"

"Nada feito, meu bem. Já está decidido."

Ela debulhou-se em lágrimas enquanto descia as alças de seu *peignoir* e, num instante, eu estava diante de uma Vênus nua cujo corpo parecia dizer: Pegue-me – Sou toda sua. Uma Vênus cuja mão direita me fazia cafuné nos cabelos, enquanto sua mão esquerda me apontava uma 45 na nuca. Desviei-me com um sopetão e esvaziei o meu 38 em seu lindo corpo antes que ela puxasse o gatilho. Deixou cair a arma e fez uma cara de quem não estava acreditando no que acabara de acontecer.

"Como foi capaz de fazer isso, Kaiser?"

Ela estava morrendo depressa, mas ainda tive tempo de dar-lhe o golpe de misericórdia.

"A manifestação do universo como uma ideia complexa em si mesma, em oposição a estar no interior ou no exterior do próprio e verdadeiro Ser, é, inerentemente, um nada conceitual ou um Nada em relação a qualquer forma abstrata de existência, de existir ou de ter existido perpetuamente, sem estar sujeita às leis de fisicalidade, de movimento ou de ideias relativas à antimatéria ou à falta de um Ser objetivo ou a um Nada subjetivo."

Foi uma definição sutil, mas acho que ela entendeu muito bem antes de morrer.

# Os Róis de Metterling

Venal & Filhos, Editores publicaram, finalmente, o esperadíssimo primeiro volume dos róis de roupa de Metterling (*Róis de Roupa Reunidos de Hans Metterling*, Vol. I, 437 p., mais XXXII páginas de introdução; com índex; $ 18.75), enriquecido por um erudito ensaio do célebre especialista em Metterling, Gunther Eisenbud. A decisão de publicar esta obra separadamente, antes da conclusão da monumental *oeuvre* de quatro volumes, é oportuna e inteligente, acabando de vez com os boatos de que Venal & Filhos, tendo ganho a burra do dinheiro com os romances, peças, anotações, diários e cartas de Metterling, estariam apenas insistindo em raspar o fundo do cofre. Como se enganaram esses fofoqueiros! Com efeito, o primeiro rol de roupa de Metterling,

> **ROL Nº 1**
> 6 cuecas
> 4 camisetas
> 6 pares de meias azuis

4 camisas azuis
2 camisas brancas
6 lenços
*Sem goma,*

é uma perfeita introdução a este gênio confuso, conhecido por seus contemporâneos como "o Bruxo de Praga". Este rol foi rascunhado na época em que Metterling escreveu *As Confissões de um Queijo Monstruoso*, obra de impressionante importância filosófica, na qual prova que Kant não apenas se enganou sobre o universo como também nunca pagou uma conta. A aversão de Metterling à goma é típica daquele tempo e, quando a tinturaria devolveu-lhe tudo engomado, ele ficou deprimido e rabugento. Sua senhoria, Frau Weiser, relatou a amigos que "Herr Metterling passa dias inteiros trancado no quarto, lamuriando-se porque engomaram suas camisas". E, como sabemos, Breuer já havia enunciado a relação entre ceroulas engomadas e a constante sensação de Metterling, de estar sendo comentado na vizinhança por homens de papadas (*Metterling: Psicose Paranoico-Depressiva e os Primeiros Róis,* Zeiss Editora). O tema da incapacidade de seguir instruções aparece também na única peça de Metterling, *Asma*, na cena em que Needleman serve por engano a Valhalla uma bola de tênis amaldiçoada.

O óbvio enigma do segundo rol,

**Rol nº 2**
7 cuecas
5 camisetas
7 pares de meias pretas
6 camisas azuis
6 lenços
*Sem goma,*

consiste nos sete pares de meias pretas, pois, como é público e notório, Metterling tinha uma fanática preferência pelas azuis. De fato, a simples menção de uma cor diferente era bastante para enfurecê-lo e, certa vez, chegou a desfeitear Rilke porque o poeta manifestara um relativo apreço por mulheres de olhos castanhos. Segundo Anna Freud ("As Meias de Metterling como Expressão da Mãe Fálica", *Journal of Psychoanalysis*, nov. de 1935), sua inesperada mudança para meias mais escuras deveu-se a um desapontamento no "Incidente Bayreuth". Parece que Metterling espirrou escandalosamente durante o primeiro ato de *Tristão*, fazendo voar longe a peruca de um rico frequentador da ópera sentado à sua frente. A plateia se revoltou, mas Wagner o defendeu, com a sua hoje clássica observação de que "Todo mundo espirra". Mas, no mesmo instante, Cosima Wagner prorrompeu em lágrimas e acusou Metterling de sabotar a obra de seu marido.

Que Metterling estava de olho em Cosima Wagner, é mais do que sabido, porque ninguém ignora o fato de que ele tomou-lhe a mão uma vez em Leipzig e, de novo, quatro anos depois, no Vale do Ruhr. Em Dantzig, referiu-se maliciosamente à sua tíbia durante uma tempestade, e foi aí que Cosima decidiu nunca mais vê-lo. Voltando para casa completamente exausto, Metterling escreveu *Os Pensamentos de uma Galinha* e dedicou o manuscrito original aos Wagners. Quando estes usaram o manuscrito para calçar uma perna de mesa, Metterling embirrou e passou a usar meias pretas. Sua criada implorou-lhe para que se mantivesse fiel ao azul ou pelo menos tentasse o marrom, mas Metterling respondeu-lhe com grosseria: "Cale a boca, sua porca! E que tal meias xadrez, hem?"

No terceiro rol,

**ROL Nº 3**
6 lenços
5 camisetas
8 pares de meias
3 lençóis
2 fronhas,

a roupa de cama é mencionada pela primeira vez. Metterling tinha grande afeição por roupas de cama, particularmente fronhas, que ele e sua irmã, quando crianças, usavam para cobrir a cabeça ao brincar de fantasmas, até o dia em que ele despencou do penhasco. Metterling gostava de dormir em lençóis limpos, a exemplo de seus personagens de ficção. Horst Wasserman, o serralheiro impotente de *Filé de Herring,* comete assassínio por causa de um lençol mal lavado, e Jenny, em *O Dedo do Pastor,* só aceita ir para a cama com Klineman (a quem ela odeia, porque ele besuntou sua mãe com manteiga) porque assim iria "dormir entre lençóis macios". Foi uma pena que a tinturaria nunca tivesse satisfeito as exigências de Metterling com sua roupa de cama, mas presumir, como fez Pfaltz, que foi isto que o impediu de terminar *Aonde foste, Cretino* é absurdo. Metterling dava-se ao luxo de lavar fora seus lençóis, mas nunca se tornou dependente de uma lavanderia.

O que impediu Metterling de concluir sua planejada obra poética foi um romance frustrado, de que há indicações no célebre 4º rol:

**4º Rol**
7 cuecas
6 lenços
7 pares de meias pretas
*Sem goma*
*Urgentíssimo*

Em 1884, Metterling conheceu Lou Andreas-Salomé e, a partir daí, passou a exigir que sua roupa fosse lavada diariamente. Na verdade, os dois foram apresentados por Nietzsche, que disse a Lou que Metterling tanto podia ser um gênio quanto um idiota e que competia a ela descobrir. Naquela época, o serviço urgentíssimo começava a se tornar popular nas lavanderias do Continente, principalmente entre intelectuais, e a inovação entusiasmou Metterling. Primeiro, porque era pontual, e Metterling era fanático por pontualidade. Chegava sempre adiantado a qualquer encontro – algumas vezes, até vários dias adiantado, e de tal forma que tinha de ser alojado num quarto de hóspedes. Lou também adorava receber trouxas de roupa limpa diariamente. Parecia uma criança com um brinquedo novo, levando Metterling para passear no bosque e lá abrindo a última remessa. Ela simplesmente amava seus lenços e camisetas, mas o de que mais gostava eram suas cuecas. Chegou a escrever a Nietzsche que as cuecas de Metterling era a coisa mais sublime que já tinha visto, nisto incluindo *Assim Falava Zaratustra*. Nietzsche fazia de conta que não se importava, mas sempre teve ciúmes das ceroulas de Metterling e confidenciou a amigos que achava isto "hegeliano ao extremo". Lou Salomé e Metterling separaram-se após a Grande Fome de Melado, de 1886, e, enquanto Metterling esqueceu Lou, ela nunca se refez do choque.

O 5º rol,

**ROL Nº 5**
6 camisetas
6 cuecas
6 lenços,

sempre intrigou aos estudiosos, principalmente por causa da total ausência de meias. (De fato, Thomas Mann, anos depois, ficou tão obcecado pelo problema que escreveu uma peça inteira a respeito, *As Peúgas de Moisés*, que acidentalmente deixou cair dentro de um boeiro.) Por que terá este Metterling, de repente, eliminado as meias de seu rol semanal? Não porque, como acreditam alguns *scholars*, aquilo fosse um indício de sua iminente insanidade, embora a essa altura Metterling já começasse a dar sinais de um comportamento estranho. Um desses sinais era a mania de que estava sendo seguido ou que estava seguindo alguém. Chegou a revelar a amigos a existência de um plano sinistro, urdido pelo governo, para roubar seu queixo. Em outra ocasião, de férias em Jena, passou quatro dias inteiros sem dizer outra palavra senão "berinjela". No entanto, esses ataques eram esporádicos e não justificam a falta das meias. Nem a sua admiração por Kafka, que, por um breve período, também parou de usar meias por causa de um sentimento de culpa. Mas Eisenbud nos assegura que Metterling continuou a usar meias. Apenas deixou de mandá-las para a lavanderia! Por quê? Porque, nessa época, ele contratou uma nova criada, Frau Milner, que ofereceu-se para lavar suas meias no tanque – um gesto que o comoveu de tal forma que ele lhe deixou toda a sua fortuna, a qual consistia de um chapéu preto e uma bolsa de fumo. Ela serviu de modelo para o personagem de Hilda em sua alegoria cômica, *O Neném de Mamãe Brandt*.

Evidentemente, a personalidade de Metterling começou a ir para a cucuia em 1894, se se pode deduzir alguma coisa do 6º rol:

**ROL Nº 6**
25 lenços
1 camiseta
5 cuecas
1 meia,

e não chega a surpreender o fato de que, nesta época, ele começou a fazer análise com Freud. Metterling conhecera Freud anos atrás em Viena, quando ambos estiveram presentes a uma representação de *Édipo Rei,* da qual Freud saiu carregado e suando frio. Suas sessões foram agitadas e Metterling muito agressivo, se é que podemos confiar nas anotações de Freud. Certa vez ameaçou engomar a barba de Freud e dizia frequentemente que ele lhe lembrava seu tintureiro. Gradualmente, o estranho relacionamento de Metterling com seu pai começou a vir à tona. (Os estudiosos de Metterling conhecem bem o seu pai, um insignificante funcionário público que se comprazia em humilhá-lo, comparando-o a uma salsicha.) Freud relata um sonho fundamental que Metterling lhe teria descrito:

"Estou jantando com alguns amigos quando entra um homem puxando uma travessa de sopa por uma coleira. Acusa minhas ceroulas de traição e, quando uma senhora tenta me defender, sua testa despenca da cabeça. Acho isto engraçado no sonho e rio. Em seguida, todos começam a rir também, exceto meu tintureiro, que me olha com ar severo e começa a despejar mingau de aveia nos ouvidos. Entra meu pai, apanha no chão a testa da tal mulher e foge com ela. Corre até a praça, gritando: 'Finalmente! Finalmente! Uma testa só para mim! Agora não preciso depender do estúpido do meu filho!' No sonho, isto me deprime e sou acometido por um intenso desejo de beijar a roupa suja do Burgomestre." (Aqui o paciente começa a chorar e esquece o resto do sonho.)

Com o que depreendeu deste sonho, Freud pôde ajudar Metterling e os dois tornaram-se bons amigos nas horas vagas, embora Freud nunca se atrevesse a dar-lhe as costas.

No Volume II, pelo que se anuncia, Eisenbud analisará do 7º ao 25º rol, inclusive os anos em que o próprio Metterling lavou a sua roupa suja e o patético desentendimento com o chinês da esquina.

# A Morte Bate à Porta
## Peça em 1 ato

*(A ação da peça se passa no quarto de Nat Ackerman, na sua mansão em Kew Gardens. O quarto é atapetado. Há uma cama de casal e uma enorme penteadeira. A mobília e as cortinas são luxuosas. Nas paredes, diversos quadros e um barômetro de não muito bom gosto. Música suave enquanto a cortina sobe. Nat Ackerman (57 anos, calvo, ligeiramente gordo, proprietário de uma confecção) está deitado na cama, acabando de ler o jornal do dia seguinte. Está de roupão e chinelos e lê à luz de um pequeno abajur preso no espaldar da cama. É quase meia-noite. De repente, ouve-se um barulho estranho e Nat se levanta e vai até a janela.)*

**Nat:** Que diabo está havendo aí?

*(Subindo desajeitadamente pela janela, aparece uma sombria figura embuçada. O intruso usa um capuz negro e uma roupa justa, também negra. O capuz cobre sua cabeça, mas não seu rosto, o qual aparenta meia-idade e é branco como gesso.*

*Parece-se um pouco com Nat. Arfa audivelmente, passa uma perna pelo parapeito e desaba dentro do quarto.)*

**Morte** *(claro, quem mais podia ser?)*: Deus do céu, quase quebrei o pescoço!

**Nat** *(de olhos arregalados):* Quem é você?

**Morte:** A Morte.

**Nat:** Quem?

**Morte:** A Morte, pô! Escute – posso me sentar? Quase fui para o beleléu. Olhe só como estou tremendo.

**Nat:** QUEM É VOCÊ?

**Morte:** A Morte, que diabo! Pode me arranjar um copo d'água?

**Nat:** Morte? O que você quer dizer com Morte?

**Morte:** Está cego, rapaz? Não está vendo o capuz preto e a cara branca?

**Nat:** Estou.

**Morte:** E hoje é Dia das Bruxas?

**Nat:** Não.

**Morte:** Então eu só posso ser a Morte. Posso tomar um copo d'água? Mineral com gás, de preferência.

**Nat:** Escute, se isto for alguma piada...

**Morte:** Que piada? Olhe aqui, você não é Nat Ackerman, 57 anos, morador na Pacific Street, 118? Só se eu tiver trocado os endereços. Aguenta aí. (*Cata nos bolsos um cartão, lê-o em voz alta. Confere.*)

**Nat:** O que você quer comigo?

**Morte:** O que eu quero? Que pergunta mais idiota!

**Nat:** Deve haver um engano. Estou em perfeita saúde.

**Morte:** Sei, sei. *(Olhando em volta.)* Bonito lugar, este aqui. Vocês mesmos o decoraram?

**Nat:** Contratamos uma decoradora, mas nós também ajudamos.

**Morte** *(contemplando um quadro na parede)*: Adoro crianças de olhos esbugalhados.

**Nat:** Olhe, ainda não quero morrer.

**Morte:** Você não quer morrer? Por favor, não comece com isso. Ainda estou zonzo com a subida.

**Nat:** Qual subida?

**Morte:** Subi pela calha. Estava tentando fazer uma entrada sensacional. Vi as janelas abertas, você lendo o jornal e achei que valia a pena tentar. Era só subir pela calha e entrar com um certo – você sabe... *(Estala os dedos.)* Só que, bem no meio do caminho, prendi o pé numa trepadeira, a calha quebrou, fiquei pendurado por um fio e minha capa, começou a rasgar. Agora chega de conversa. Vamos embora. Esta noite está terrível.

**Nat:** Você quebrou minha calha?

**Morte:** Não, não quebrei. Só a entortei um pouco. Você não ouviu quando eu despenquei lá de cima?

**Nat:** Estava lendo.

**Morte:** Devia ser uma leitura muito absorvente. *(Pega o jornal que Nat estava lendo.)* PIRANHAS FLAGRADAS PUXANDO FUMO. Posso levar isso?

**Nat:** Ainda não terminei.

**Morte:** Olhe... Hmmm... Não sei exatamente como lhe dizer, xará...

**Nat:** Por que não tocou a campainha lá embaixo?

**Morte:** Podia ter feito isto, mas o que você ia achar? Entrando pela janela, pelo menos fica mais teatral. Sacumé? Você nunca leu *Fausto*?

**Nat:** O quê?

**Morte:** E se você tivesse visitas? Toco a campainha, entro em cena e você está servindo drinques a uma pessoa importante. Com que cara eu fico?

**Nat:** Olha, meu chapa, já está muito tarde.

**Morte:** Também acho. Bem, vamos?

**Nat:** Vamos pra onde?

**Morte:** Pra Morte. Aquele lugar, sabe, né? As Profundas. Lá onde o judas perdeu as botas. *(Olhando para o próprio joelho.)* Puxa, me cortei feio. Era só o que faltava: pegar uma gangrena logo no primeiro dia de trabalho.

**Nat:** Espere um minuto! Preciso de tempo, ainda não estou pronto!

**Morte:** Desculpe, mas não dá. Gostaria de ajudar, mas a hora é essa.

**Nat:** Mas não pode ser! Acabo de fechar um negócio com 500 butiques!

**Morte:** Qual a diferença, um mísero dinheirinho a mais ou a menos?

**Nat:** É, vocês não se importam! Devem ter todas as despesas pagas, não é???

**Morte:** Como é, vamos ou não vamos?

**Nat** *(olhando-o de alto a baixo):* Ainda não acredito que você seja a Morte.

**Morte:** Por que não? Estava esperando quem? Rock Hudson?

**Nat:** Não, não é isto.

**Morte:** Desculpe se o desapontei.

**Nat:** Não se desculpe! Sabe, é que sempre achei que você fosse um pouco mais alto, sei lá...

**Morte:** Tenho l metro e 60. Está bom para o meu peso.

**Nat:** Você se parece um pouco comigo...

**Morte:** E com quem queria que eu parecesse? Afinal, eu sou a *sua* Morte!

**Nat:** Me dê mais algum tempo! Talvez mais um dia!

**Morte:** Não dá pé.

**Nat:** Só mais um dia! 24 horas!

**Morte:** Para que mais um dia? O rádio disse que vai chover amanhã.

**Nat:** Será que não podíamos entrar num acordo?

**Morte:** Por exemplo?

**Nat:** Você joga xadrez?

**Morte:** Não.

**Nat:** Mas certa vez eu vi um desenho seu jogando xadrez!

**Morte:** Não podia ser eu, porque não jogo xadrez. Biriba, sim.

**Nat:** Você joga biriba?

**Morte:** Se *eu* jogo biriba? Sou o rei da biriba!

**Nat:** Então vou te dizer o que vamos fazer...

**Morte:** Não venha fazer nenhum trato comigo!

**Nat:** Vamos jogar biriba. Se você ganhar, eu vou com você agora. Se eu ganhar, você me dá um tempinho – só um dia. Tá fechado?

**Morte:** E quem tem tempo para jogar biriba?

**Nat:** Vamos nessa. Se você é assim tão bom...

**Morte:** Olhe, até que eu gostaria...

**Nat:** Ora, não seja desmancha-prazeres. Uma meia hora, no máximo.

**Morte:** Está bem, mas eu não devia...

**Nat:** Vou pegar as cartas já, já!

**Morte:** Mas só um pouquinho, hem? Pelo menos, vai me relaxar.

**Nat** *(trazendo cartas, lápis e bloco)*: Você vai se arrepender.

**Morte:** Cale a boca, já estou convencido. Agora dê as cartas e me traga a mineral que eu pedi. Que diabo, um estranho entra em sua casa e você não lhe oferece nada para beliscar!

**Nat:** Tenho umas batatinhas fritas lá embaixo.

**Morte:** Batatinhas fritas! E se fosse o Presidente? Também lhe oferecia batatinhas fritas?

**Nat:** Mas você não é o Presidente.

**Morte:** Dê.

*(Nat dá cartas e abre uma trinca.)*

**Nat:** Vamos jogar a um centavo o ponto, para ficar mais interessante?

**Morte:** Por quê? Não está interessante que chegue?

**Nat:** Jogo melhor a dinheiro.

**Morte:** Está bem, Newt.

**Nat:** Nat. Nat Ackerman. Não sabe nem meu nome?

**Morte:** Newt, Nat, que diferença faz? Estou com dor de cabeça.

**Nat:** Vai pegar a mesa?

**Morte:** Não.

**Nat:** Então compre.

**Morte** *(examinando a própria mão):* Raios, não tenho nada que preste.

**Nat:** Como é o negócio lá?

**Morte:** Que negócio?

**Nat:** A Morte.

*(Durante todo o diálogo seguinte, eles compram e descartam.)*

**Morte:** E como devia ser? Dorme-se o tempo todo.

**Nat:** Há alguma coisa depois da vida?

**Morte:** Aha, você está guardando os valetes!

**Nat:** Existe alguma coisa depois da vida?

**Morte** *(ausente):* Você vai ver.

**Nat:** Ah, quer dizer que vou ver alguma coisa?

**Morte:** Bem, acho que eu não devia ter dito a coisa desta maneira. Vamos, compre.

**Nat:** É difícil arrancar uma resposta de você, hem?

**Morte:** Estou jogando biriba.

**Nat:** Está bem, então jogue.

**Morte:** E, enquanto isto, estou te dando uma carta depois da outra.

**Nat:** Não fique olhando o que estou apanhando.

**Morte:** Não estou olhando. Qual foi a última carta que eu joguei aí?

**Nat:** O quatro de espadas. Está pronto para bater?

**Morte:** Quem disse que eu estou pronto para bater? Só perguntei qual tinha sido a última carta!

**Nat:** E eu só perguntei se havia lá alguma coisa para mim ver!

**Morte:** Jogue.

**Nat:** Me diga alguma coisa. Para onde estamos indo?

**Morte:** Que história é essa de *nós*? Você é quem vai. Bate com a cabeça no chão e pronto.

**Nat:** Não brinque. Dói muito?

**Morte:** Um segundinho só.

**Nat:** Incrível! (*Suspira.*) Depois de um contrato com 500 butiques...

**Morte:** Ah, finalmente uma canastra!

**Nat:** Você bateu?

**Morte:** Não, só fiz uma canastra.

**Nat:** Então, quem bate sou eu.

**Morte:** Você está brincando.

**Nat:** Não. Você perdeu. Vou pegar o morto. Sem trocadilho.

**Morte:** Merda. E eu achando que você estava guardando os valetes!

**Nat:** Vamos lá, jogue, enquanto eu examino o morto. Bato com a cabeça no chão, não é isso? Não posso bater com a cabeça no sofá?

**Morte:** Não. Jogue.

**Nat:** Por que não?

**Morte:** Porque não! Pô, deixe-me concentrar!

**Nat:** Mas por que tem que ser no chão? Por que não no sofá?

**Morte:** Está bem, vou fazer o possível. Agora, podemos jogar?

**Nat:** É isso que eu estava dizendo. Você me lembra Moe Leifkowitz. Ele também é teimoso.

**Morte:** Eu lembro Moe Leifkowitz. Essa é boa! Eu, uma das figuras mais aterrorizantes do universo, lhe lembro Moe Leifkowitz! O que ele faz? Forra os vestidos?

Nat: Coitado de você para forrar vestidos como ele. Leifkowitz ganha 80 mil dólares por ano! Enfeites, guarnições, faz de tudo. Mais uma canastra real.

Morte: O quê?

Nat: Mais uma canastra. Vou bater. O que você tem?

Morte: Meu jogo parece final de campeonato.

Nat: Esta eu ganhei.

Morte: Se você não falasse tanto.

*(Dão as cartas de novo e continuam o jogo.)*

Nat: O que você quis dizer há pouco quando disse que este era o seu primeiro trabalho?

Morte: O que você acha?

Nat: Como o que eu acho? Então ninguém morreu antes?

Morte: Claro que morreram. Só que não fui eu quem os levou.

Nat: Então quem foi?

Morte: Outros.

Nat: Então há outros?

Morte: Claro! Cada um vai de um jeito.

Nat: Eu não sabia disto.

Morte: E por que deveria saber? Quem você pensa que é?

**Nat:** Que história é essa? Então não sou nada?

**Morte:** Não exatamente nada. Você é o proprietário de uma confecção. Por que deveria conhecer os mistérios da eternidade?

**Nat:** Ah, é? Pois fique sabendo que eu ganho muito dinheiro. Formei meus dois filhos. Um trabalha em publicidade, o outro se casou. Esta casa é minha. Tenho um carro do ano. Minha mulher tem o que quer. Não sei quantas empregadas, casaco de pele, férias, o diabo a quatro. Neste exato momento, está viajando, para visitar a irmã. Eu deveria me reunir a ela semana que vem. Então, pensa que eu sou algum duro?

**Morte:** Está bem, está bem. Não seja tão sensível.

**Nat:** Quem é sensível?

**Morte:** E quem foi que me insultou primeiro?

**Nat:** Eu te insultei?

**Morte:** Você não disse que estava desapontado comigo?

**Nat:** E o que queria que eu fizesse? Que desse uma festa pela sua chegada?

**Morte:** Não é isso. Refiro-me a mim. Disse que eu era nanico, que era isso e aquilo.

**Nat:** Eu disse que você se parecia comigo. Estava só pensando em voz alta.

**Morte:** Está bem, dê logo essas cartas.

*(Os dois continuam a jogar, enquanto a música diminui e as luzes vão se apagando até*

*a escuridão total. Luzes voltam a se acender aos poucos. Passou-se algum tempo e o jogo acabou. Nat está fazendo as contas.)*

**Nat:** Sessenta e oito... 150... Bem, você perdeu.

**Morte** *(olhando desanimado para o baralho):* Eu sabia que não devia ter descartado aquele nove. Merda.

**Nat:** Então, nos vemos amanhã!

**Morte:** Que história é essa de me ver amanhã?

**Nat:** Ganhei mais um dia. Agora, deixe-me em paz.

**Morte:** Você estava falando sério?

**Nat:** Tratou, está tratado.

**Morte:** Eu sei, mas...

**Nat:** Não tem mas, nem meio mas. Ganhei 24 horas. Volte amanhã.

**Morte:** Eu não sabia que estávamos jogando a valer tempo.

**Nat:** Pior pra você. Devia ter prestado atenção.

**Morte:** E o que eu vou fazer pelas próximas 24 horas?

**Nat:** E o que me importa? O fato é que eu ganhei mais um dia.

**Morte:** Mas o que vou fazer? Vagabundear pelas ruas?

**Nat:** Arranje um hotel e vá ao cinema. Tome uma cerveja. Não crie caso.

**Morte:** Some esses pontos de novo.

**Nat:** E, além disso, você me deve 28 dólares.

**Morte:** *O quê?*

**Nat:** É isso aí, bicho. Olhe aqui. Leia.

**Morte** *(revirando os bolsos):* Só tenho uns trocados. Mas não 28 dólares!

**Nat:** Aceito cheque.

**Morte:** Mas não tenho conta em bancos!

**Nat** *(para a plateia):* Estão vendo contra quem estou jogando?

**Morte:** Pode me processar. Como você quer que eu tenha uma conta no banco?

**Nat:** Está bem, dê-me o que você tiver e fica por isso mesmo.

**Morte:** Escute, eu preciso desse dinheiro!

**Nat:** Pra quê?

**Morte:** Que pergunta é esta? Você está indo para o Além!

**Nat:** E daí?

**Morte:** Isso fica longe pra chuchu!

**Nat:** E daí?

**Morte:** E a gasolina? E os pedágios?

**Nat:** Estamos indo de carro???

**Morte:** Você vai descobrir. *(Agitado.)* Olhe aqui. Vou voltar amanhã, e você tem de me dar a chance de ganhar aquele dinheiro de volta. Se não, estou rigorosamente frito.

**Nat:** O que você quiser. Mas vamos dobrar a parada, ou nada. Pode ser até que eu ganhe mais uma semana ou mês. E, do jeito que você joga, talvez até alguns anos.

**Morte:** Enquanto isto, não tenho onde cair morto.

**Nat:** Até amanhã.

**Morte** *(sendo levado até a porta):* Há um bom hotel por aqui? Que diabo, não tenho dinheiro. Vou ter de dormir no parque. *(Pega o jornal.)*

**Nat:** Rua! E me devolva o jornal. *(Toma-o de volta.)*

**Morte** *(saindo:)* Fui um idiota em ter topado aquele jogo. Devia tê-lo pegado e saído.

**Nat:** E cuidado na hora de descer. O tapete está solto no primeiro degrau!

*(Nesta deixa, ouve-se um barulho terrível. Nat suspira, vai até a mesinha de cabeceira e pega o telefone.)*

**Nat:** Alô, Moe? Sou eu. Escute. Não sei se isto foi uma brincadeira de mau gosto, mas a Morte esteve aqui. Jogamos um buraquinho... Não, a *Morte*! Em carne e osso. Ou alguém que estava querendo se fazer passar pela Morte. Mas, seja quem for, Moe, que babaca!

DESCE O PANO

# Uma Espiada
# no Crime Organizado

Não é segredo que o crime organizado nos Estados Unidos lucra mais de 40 milhões de dólares por ano. O que não é nada mau, principalmente quando se considera que a Máfia gasta muito pouco em despesas de escritório. Informações de cocheira asseguram que a Cosa Nostra não despendeu mais que seis mil dólares no ano passado em papel timbrado e ainda menos em clipes. Além disso, mantém apenas uma secretária, que faz todo o trabalho de datilografia, e sua sede limita-se a três salinhas, que, nas horas vagas, são alugadas a uma gafieira.

No ano passado, o crime organizado foi responsável direto por mais de mil crimes, e os mafiosos participaram indiretamente de inúmeros outros, dando carona aos assassinos ou emprestando-lhes suas capas de chuva. Outras atividades ilegais praticadas pelos membros da Cosa Nostra envolveram jogo, tráfico de drogas, prostituição, sequestros, vigarice por atacado e o transporte de um enorme golfinho, de um Estado para outro, com fins imorais.

Os tentáculos desse império da corrupção chegam até ao próprio Governo. Há apenas alguns meses, dois tubarões da Máfia, atualmente sob processo, passaram a noite na Casa Branca, enquanto o Presidente ia dormir no sofá.

### História do crime organizado nos Estados Unidos

Em 1921, Thomas Covello, o Açougueiro, e Ciro Satucci, o Alfaiate, tentaram organizar os vários agrupamentos raciais do submundo com o objetivo de tomar Chicago de assalto. O plano foi cancelado quando Albeto Corilo, o Positivista, assassinou Kid Kipsky trancando-o num armário e sufocando-o ao aspirar todo o ar que havia dentro através de um canudinho. O irmão de Lipsky, Mendy (vulgo Mendy Lewis, vulgo Mendy Larsen, vulgo Mendy Vulgo), vingou a morte de Lipsky, sequestrando o irmão de Santucci, Gaetano (também conhecido como Toninho ou rabino Henry Sharpstein), e devolvendo-o várias semanas depois em 27 moringas diferentes. Isto marcou o início de um banho de sangue.

Dominick Mione, o Herpetologista, alvejou Lucky Lorenzo (assim alcunhado quando uma bomba que disparou em seu chapéu não conseguiu matá-lo). Na revanche, Corillo e seus homens seguiram Mione até Newark e transformaram sua cabeça num instrumento de sopro. A esta altura, a quadrilha Vitale, chefiada por Giuseppe Vitale (na vida real, Quincy Baedeker), preparou-se para açambarcar toda a falsificação de bebidas no Harlem, a qual era dirigida por Larry Doyle, o Irlandês – um sujeito tão desconfiado que não dava as costas a ninguém em Nova York e, por isso, andava pelas ruas girando, rodopiando constantemente. Mas Doyle foi assassinado quando uma famosa empresa de especulação imobiliária resolveu construir um espigão justamente onde ficava seu esconderijo. Seu principal assecla, Little Petey Ross (também conhecido como Big Petey Ross), tomou o seu lugar e resistiu às investidas de Vitale, chegando até a atraí-lo a uma garagem abandonada do centro, sob o pretexto de que ali se realizava um baile à fantasia. Sem suspeitar de nada, Vitale adentrou o recinto fantasiado como um rato gigante e foi imediatamente recheado por várias metralhadoras. Leais até a morte ao seu chefe, os homens de Vitale viraram rapidamente as casacas e aderiram a Ross, inclusive a própria noiva de Vitale, Bea Moretti, famosa chacrete e estrela da Broadway. Bea acabou se casando com Moretti, embora mais tarde tenha pedido o divórcio, sob a acusação de que ele a teria besuntado com determinada pomada.

Temendo uma intervenção federal, Vincent Columbraro, o Rei da Torrada, pediu trégua. (Columbraro controla tão rigidamente o mercado de torradas produzidas em Nova Jersey que uma simples palavra sua seria capaz de estragar o café da manhã de 2/3 do país.) Os membros do submundo foram convocados a um restaurante em Perth Amboy, onde Columbraro ordenou que todas as quizumbas internas acabassem e que, dali para frente, todos passassem a se vestir na moda e parassem com esse negócio de se esgueirar por vielas escuras. Os bilhetes até então assinados com o símbolo da *mão negra* deveriam ter o tratamento de "Atenciosamente", e todo o território seria dividido igualmente, cabendo Nova Jersey à mãe de Columbraro. Assim nasceu a Máfia, ou Cosa Nostra. Dois dias depois, Columbraro entrou na banheira para refrescar-se e há 46 anos nunca mais foi visto.

## Organização da quadrilha

A Cosa Nostra é estruturada como qualquer governo ou grande empresa – ou como qualquer quadrilha, o que dá na mesma. À testa de tudo, está o *capo di tutti capi*, ou chefe de todos os chefes. As reuniões são feitas na sua casa, e ele é responsável pelo gelo e pelos salgadinhos. A falta de uma coisa ou de outra implica em morte instantânea. (A morte, por sinal, é uma das piores coisas que podem acontecer a um membro da Cosa Nostra. Talvez por isso, muitos prefiram pagar uma multa.) Abaixo do chefe de todos os chefes, estão naturalmente os chefes, cada qual comandando uma zona da cidade com sua "família". As famílias da Máfia não consistem de mulher e filhos que costumam ir a circos ou piqueniques. São formadas por homens de cara fechada, cujo maior prazer na vida é ver quanto tempo certas pessoas conseguiam sobreviver no fundo de um rio antes de começarem a engolir água.

O rito de iniciação na Máfia é bastante complicado. O membro a ser admitido é levado a um quarto escuro com os olhos vendados. Fatias de melão são colocadas em seus bolsos e ele é obrigado a pular pelo quarto num pé só, gritando "Ula-lá! Ula-lá!" Em seguida, todos os membros da *comissione* fazem bilubilu no seu lábio inferior – alguns até duas vezes. O suplício seguinte é derramar aveia na cabeça do iniciante. Se ele protestar, será executado. Mas, se disser, "Que bom! Adoro aveia!", será recebido como um irmão. Então todos o beijarão na face e apertarão sua mão. A partir daí, terá de obedecer as seguintes obrigações: não comer jiló, não cacarejar e não matar ninguém chamado Vito.

## Conclusões

O crime organizado é uma desgraça em nosso país. Enquanto a maioria dos jovens deixa-se iludir pela aparente vida fácil da carreira criminal, os verdadeiros criminosos são obrigados a trabalhar horas a fio, geralmente em edifícios sem ar-condicionado. Identificar os criminosos é nosso dever. Podem ser reconhecidos pelo fato de usarem abotoaduras espalhafatosas e pelo hábito de continuarem almoçando tranquilamente, mesmo depois que a pessoa ao seu lado é atingida por uma bigorna. As melhores maneiras de combater o crime organizado são:

1. Dizer aos criminosos que você não está em casa;

2. Chamar a polícia sempre que um membro suspeito da lavanderia italiana do seu bairro começar a cantar perto da sua porta;

3. Gravação telefônica.

A gravação telefônica não pode ser legalmente aplicada de forma indiscriminada, mas sua eficiência é ilustrada aqui por esta transcrição de uma conversa entre dois chefes de quadrilha na área de Nova York, cujos telefones foram gravados pelo FBI.

ANTHONY: Alô? Rico?
RICO: Alô?
ANTHONY: Rico?
RICO: Não estou ouvindo!
ANTHONY: É você, Rico? Não estou ouvindo!
RICO: O quê?
ANTHONY: Você está me ouvindo?
RICO: Alô?
ANTHONY: Rico?
RICO: A ligação está péssima!
ANTHONY: Está me ouvindo?
RICO: Alô?
ANTHONY: Rico?

**Rico:** Alô?

**Anthony:** Telefonista, a ligação está péssima!

**Telefonista:** Desligue e disque outra vez, por favor.

**Rico:** Alô.

Com todas essas provas contra eles, Anthony Rotunno, o Robalo, e Rico Panzini, foram condenados e estão atualmente cumprindo 15 anos em Sing Sing por posse ilegal de salame.

# Minha Filosofia

Querem saber como comecei a desenvolver minha filosofia? Foi assim: Minha mulher, ao convidar-me para provar o primeiro suflê de sua vida, deixou cair acidentalmente uma fatia dele no meu pé, fraturando com isso diversos artelhos. Médicos foram chamados, raios X tirados e, depois de examinado do tornozelo aos pés, mandaram-me ficar de cama durante um mês. Durante a convalescença, dediquei-me ao estudo dos maiores pensadores ocidentais – uma pilha de livros que eu havia reservado justamente para uma oportunidade dessas. Desprezando a ordem cronológica, comecei por Kierkegaard e Sartre e depois passei rapidamente para Spinoza, Hume, Kafka e Camus. Não me entediei nem um pouco, como supunha. Ao contrário, fiquei fascinado pela lepidez com que esses gênios demoliam a moral, a arte, a ética, a vida e a morte. Lembro-me de minha reação a uma observação (como sempre, luminosa) de Kierkegaard: "Toda relação que se relaciona consigo mesma (ou seja, consigo mesma) deve ter sido constituída por si mesma ou então por outra". O conceito trouxe lágrimas aos meus olhos. Puxa vida! – pensei – isso é que é ser profundo! (Eu, por exemplo, sempre tive dificuldades na escola com aquele clássico tema de composição, "Meu Dia no Zoológico".) É verdade que a frase continuava completamente incompreensível para mim, mas que importava isto, desde que Kierkegaard estivesse se divertindo? De súbito, convencido de que a metafísica era a obra que eu estava destinado a escrever, tomei papel e lápis e comecei a rascunhar minhas primeiras reflexões. O trabalho progrediu depressa, e em apenas duas tardes – com intervalo para uma soneca e para assistir a um desenho animado – consegui completar a obra filosófica que, segundo espero, não será divulgada antes de minha morte ou até o ano 3000 (o que vier primeiro), e a qual me garantirá um lugar de honra entre os maiores pensadores da História. Eis aqui uma pequena amostra do tesouro intelectual que deixarei para a humanidade – ou pelo menos, até a chegada da arrumadeira.

## 1. Crítica do Horror Puro

Ao formular qualquer filosofia, a primeira consideração sempre deve ser: O que nós podemos conhecer? Isto é, o que podemos ter certeza de conhecer ou de saber que conhecemos, desde que seja algo conhecível, é claro. Ou será que já esquecemos e estamos apenas com vergonha de admitir? Descartes roçou o problema quando escreveu: "Minha mente nunca poderá conhecer meu corpo, embora tenha ficado bastante íntima de minhas pernas". E, antes que me esqueça, por "conhecível" não me refiro ao que pode ser conhecido pela percepção dos sentidos ou ao que pode ser captado pela mente, mas ao que se pode garantir ser Conhecido por possuir características que chamamos de Conhecibilidade pelo conhecimento – embora todos esses conhecimentos possam ser ditos na frente de uma senhora.

Será que podemos realmente "conhecer" o universo? Meu Deus, se às vezes já é difícil sairmos de um engarrafamento! O problema, no fundo, é: há alguma coisa lá? E por quê? E por que tem que fazer tanto barulho? Finalmente, não há dúvida de que uma característica da "realidade" é a de que lhe falta substância. Não quero dizer com isso que ela não tenha substância, mas apenas que lhe falta. (A realidade de que estou falando aqui é a mesma que Hobbes descreveu, só que um pouquinho menor.) Logo, o dito cartesiano "Penso, logo existo" seria melhor expresso na forma de "Olhe, lá vai Edna com o saxofone!". Do que se deduz que, para conhecer uma substância ou uma ideia, devemos duvidar dela e, ao duvidar, chegamos a perceber as características que ela possui em seu estado finito, as quais são "por si mesmas" ou "de si mesmas" ou de qualquer outra coisa que não tem nada a ver. Se isto ficou claro, podemos deixar a epistemologia de lado provisoriamente, e mudar de assunto.

## 2. A Dialética Escatológica como um Meio de Combater o Herpes

Podemos dizer que o universo consiste de uma substância, e a esta substância chamaremos de "átomos" ou, quem sabe, de "mônadas". Demócrito chamava-a de átomo. Leibnitz preferia "mônadas". Felizmente, os dois nunca se encontraram, se não teríamos pancadaria da grossa. Estas "partículas" foram acionadas por alguma causa ou princípio subjacente, ou talvez tenham apenas resolvido dar uma voltinha. O fato é que já é tarde para fazer qualquer coisa a respeito, exceto provavelmente escovar os dentes quatro vezes ao dia. Isto, naturalmente, não explica a imortalidade da alma. Não implica sequer a existência da alma nem chega a me tranquilizar quanto à sensação de estar sendo seguido por um guatemalteco. A relação causal entre o princípio-motor (i.é., Deus, ou uma ventania) e qualquer conceito teológico do ser (em outras palavras, o Ser) é, segundo Pascal, "tão lúdrica que nem chega a ser engraçada". (Ou seja, Engraçada.) Schopenhauer chamou a isto "o vir a ser", mas seu médico diagnosticou-o simplesmente como alergia a penas de ganso. No fim da vida, Schopenhauer tornou-se amargurado por este conceito, ou talvez tenha sido pela sua crescente suspeita de que não era Mozart.

## 3. O Cosmos a 5 Dólares por Dia

O que é, então, o "belo"? A fusão da harmonia com a virtude? Ou da harmonia com qualquer outra coisa que apenas rima com virtude? Se tivesse fundido com um alaúde, o mundo seria muito mais tranquilo. A verdade, como se sabe, é a beleza ou "o necessário". Isto é, o que é bom ou possui as características do "bom" resulta na "verdade". Se isto não acontecer, pode ter certeza de que a tal coisa não é bela, embora possa ser até à prova d'água. Começo a me convencer de que tinha razão, e que tudo devia rimar com alaúde. Ora bolas.

### Duas Parábolas

Um homem aproxima-se de um castelo. Sua única entrada está guardada por hunos ferocíssimos que só o deixarão entrar se ele se chamar Julius. O homem tenta subornar os guardas, oferecendo-lhes o seu estoque de fígados e moelas de galinhas. Não recusam nem aceitam a oferta – apenas torcem o seu nariz como se ele fosse um saca-rolhas. O homem argumenta que precisa entrar no castelo, porque está levando uma ceroula limpa para o imperador. Os guardas dizem não outra vez e o homem começa a dançar charleston. Eles parecem apreciar sua agilidade, mas logo se irritam porque se lembram da maneira pela qual o governo está tratando os índios. Já sem fôlego, o homem desmaia e morre, sem nunca ter visto o imperador e devendo a uma loja de eletrodomésticos um piano que havia comprado a prazo.

\*

Recebo uma mensagem para entregar a um general. Galopo, galopo e galopo, mas o quartel do general parece cada vez mais distante. De repente, uma pantera negra gigante salta sobre mim e devora meu coração e cérebro. É claro que isso estraga definitivamente a minha noite. Por mais que eu corra, já não consigo chegar ao general, o qual vejo a distância, de cuecas, murmurando a palavra "noz-moscada" contra seus inimigos.

### Aforismos

É impossível encarar a própria morte objetivamente e assoviar ao mesmo tempo.

\*

O Universo não passa de uma ideia passageira na mente de Deus – o que é um pensamento duplamente desagradável se você tiver acabado de pagar a entrada da sua casa própria.

\*

Não há nada de mal com a vida eterna, desde que você esteja convenientemente vestido para ela.

*

Imaginem se Dionísio ainda estivesse vivo! Onde iria comer?

*

Não apenas não existe Deus, como tente encontrar um bombeiro num fim de semana.

# A História de Uma Grande Invenção

Eu estava folheando uma revista enquanto esperava que Joseph K., meu mastim, voltasse de sua tradicional sessão das terças-feiras com um terapeuta que cobra 50 dólares por uma hora de 50 minutos – um veterinário junguiano que vem tentando convencê-lo de que suas bochechas não são, necessariamente, um inconveniente social – quando, de repente, perpasso os olhos por uma frase ao pé da página e que me chamou a atenção como um anúncio de sutiã. Era uma simples notinha, com um daqueles títulos como "Acredite se Quiser" ou "Você Sabia Que", mas sua magnitude me arrebatou com a grandeza dos primeiros acordes da *Nona* de Beethoven. Dizia: "O sanduíche foi inventado pelo Conde de Sanduíche". Abismado por esta revelação, li e reli o tópico e fui até acometido de involuntário tremor. Minha mente rodopiava, tentando imaginar os sonhos, esperanças e obstáculos que devem ter enriquecido a invenção do primeiro sanduíche. Olhei pela janela e, ao contemplar as torres dos arranha-céus, senti meus olhos umedecidos ao experimentar uma sensação de eternidade, definitivamente convencido do insubstituível lugar do homem no universo. O homem – que inventor! Os rascunhos de Da Vinci avultaram à minha frente, esboços das mais altas aspirações da raça humana. Pensei em Aristóteles, Dante, Shakespeare. O Primeiro Fólio. Newton. *O Messias* de Handel. Monet. O Impressionismo. Edison. O Cubismo. Stravinsky. $E=mc^2$...

Tentando gravar uma imagem mental do primeiro sanduíche avaramente conservado numa geladeira no British Museum, passei os três meses seguintes escrevendo uma breve biografia do seu grande inventor. Embora meus conhecimentos de História sejam um pouco precários e minha capacidade descritiva ainda mais mambembe, espero ter capturado ao menos a essência desse gênio tão esquecido, e que essas notas esparsas inspirem um verdadeiro historiador a retomar o meu trabalho.

1718: Nasce o Conde de Sanduíche, de uma família riquíssima. Seu pai está eufórico por ter sido nomeado ferreiro de Sua Majestade – posição de que desfrutará durante anos até descobrir que sua função consiste apenas em ferrar cavalos, quando então demite-se amargurado. Sua mãe é uma simples *Hausfrau* de origem alemã, cujos monótonos menus consistem basicamente de toucinho e mingau de aveia, embora às vezes demonstre uma ligeira imaginação culinária ao preparar um passável chá de canela.

1725-35: Frequenta a escola, onde aprende latim e a montar. Na hora do recreio demonstra pela primeira vez um notável interesse por frios, principalmente fatias fininhas de rosbife e presunto. No fim do curso, isso tornou-se uma obsessão e, embora sua tese de graduação, "Análise e Fenômenos Anexos dos Acepipes", provoque algum interesse entre os professores, ele continua a ser visto pelos colegas como um sujeito estranho.

1736: Entra para a Universidade de Cambridge, a pedido dos pais, a fim de estudar retórica e metafísica, mas demonstra pouco interesse por ambas. Constantemente revoltado com as convenções do mundo acadêmico, é acusado do furto de algumas fatias de pão e de realizar experiências imorais com elas. Finalmente taxado como herege, é expulso da universidade.

1738: Renegado por todos, parte para os países escandinavos, onde por três anos dedica-se intensamente a uma pesquisa sobre queijos. Impressiona-se com a enorme variedade de sardinhas que passa a conhecer e anota em seu bloco: "Estou convencido de que há uma perene realidade, além de tudo que o homem já realizou, na simples justaposição de alimentos. Simplificar". De volta à Inglaterra, conhece e casa-se com Nell Smallbore, filha de um verdureiro. Ela lhe ensinará tudo sobre alfaces.

1741: Vai viver no campo, às custas de uma pequena herança, deixando frequentemente de almoçar ou jantar a fim de economizar dinheiro para comprar comida. Sua primeira obra terminada – uma fatia de pão, outra fatia de pão em cima desta e uma fatia de peru em cima de ambas – fracassa miseravelmente. Desapontado, retorna ao laboratório e começa tudo de novo.

1745: Após quatro anos de trabalho insano, convence-se finalmente de que está às vésperas do sucesso. Numa cerimônia de grande solenidade, exibe para seus pares uma nova tentativa: duas fatias de peru com uma fatia de pão no meio. A obra é rejeitada por todos, exceto por David Hume, que pressente naquilo a iminência de algo importante e o encoraja. Estimulado pela amizade do filósofo, retorna ao trabalho com vigor renovado.

1747: Já sem dinheiro, não pode mais se dar ao luxo de pesquisar com peru ou rosbife, e passa a trabalhar com presunto, que é mais barato.

1750: Na primavera, faz a demonstração de três fatias de presunto empilhadas consecutivamente, o que atrai ligeira atenção, principalmente nos meios intelectuais. Mas o grande público continua indiferente. Três fatias de pão, uma em cima da outra, provocam algum comentário e, embora um estilo maduro ainda não esteja à vista, é procurado por Voltaire, que o convida a visitá-lo.

1751: Viaja à França, onde Voltaire lhe informa que também chegou a alguns interessantes resultados usando pão e maionese. Os dois tornam-se amigos e iniciam uma correspondência que terminará abruptamente porque Voltaire ficará sem selos.

1758: A crescente aceitação de suas experiências junto à opinião pública resulta num convite da Rainha para preparar "algo especial" que ela possa beliscar com o embaixador espanhol. Passa a trabalhar dia e noite, rasgando centenas de rascunhos, mas finalmente – às 4:17 da madrugada de 27 de abril de 1758 – cria uma obra que consiste de várias fatias de presunto guarnecidas por duas fatias de pão, uma em cima e outra embaixo. Num átomo de inspiração, asperje mostarda sobre a obra. O achado faz sensação – e, desde então, a Rainha o encarrega dos menus de sábado.

1760: Com um sucesso depois do outro, cria os "sanduíches" assim chamados em sua homenagem, realizando imaginosas combinações de rosbife, galinha, língua e praticamente todos os frios conhecidos. Não contente em repetir fórmulas já tentadas, busca novas ideias e cria o sanduíche-viagem, pelo qual recebe a Ordem da Inglaterra.

1769: Vivendo agora numa mansão, é visitado pelos maiores homens de seu tempo: Haydn, Kant, Rousseau e Benjamin Franklin param em sua casa, alguns deliciando-se com suas notáveis criações, outros recusando-se a uma simples dentada.

1778: Embora fisicamente decrépito, continua a buscar novas formas e escreve em seu diário: "Tenho trabalhado durante a madrugada e resolvi torrar os sanduíches a fim de mantê-los quentes". No fim do ano, seu sanduíche aberto causa autêntico escândalo por sua franqueza.

1783: Para celebrar seu 65º aniversário, inventa o hambúrguer e visita as grandes capitais preparando pessoalmente os sanduíches em teatros, diante de enormes plateias entusiasmadas. Na Alemanha, Goethe sugere que ele sirva os hambúrgueres dentro de pães redondos – ideia que o Conde aproveita. Sobre o autor de *Fausto*, ele escreve em seu diário: "Grande cara, esse Goethe". A frase deixa Goethe encantado, embora os dois, mais tarde, venham a romper intelectualmente devido a uma discordância sobre os conceitos de bem-passado, malpassado e ao ponto.

1790: Numa retrospectiva de sua obra em Londres, sente-se mal com dores no peito e é quase dado como morto, mas recupera-se o suficiente para supervisionar a criação de um sanduíche de salsicha por um grupo de talentosos discípulos. O lançamento do sanduíche na Itália provoca distúrbios e, durante séculos, o futuro cachorro-quente continuará incompreendido, exceto por alguns críticos.

1792: Contrai um bacilo raro ao apertar a mão de Koch, o qual deixa de tratar a tempo e morre. Seu velório é realizado na Catedral de Westminster e milhares de pessoas vão levar-lhe suas últimas despedidas. Durante o enterro, o grande poeta alemão Hoelderlin resume a sua obra com essas palavras imortais: "Nossa dívida para com ele é eterna. Ele livrou a humanidade da refeição quente".

# Como Realfabetizar um Adulto

A quantidade de folhetos sobre cursos de educação de adultos que insiste em entrulhar minha correspondência já me convenceu de que devo estar em alguma lista especial de analfabetos. Não que eu esteja me queixando. Há coisas nesses folhetos que me deixam tão fascinado quanto num catálogo de acessórios para a lua de mel em Hong Kong, enviado a mim certa vez por engano. Sempre que leio um deles, tenho vontade de largar tudo e voltar correndo para a escola. (Fui expulso da faculdade há muitos anos atrás, vítima de certas acusações infundadas, não muito diferentes das que mandaram um conhecido personagem para a cadeira elétrica.) Até agora, no entanto, continuo uma pessoa precariamente educada, mas ligeiramente chegada a ficar imaginando folhetos típicos desses tais cursos. Como este:

**Teoria Econômica:** Aplicação sistemática e avaliação crítica dos conceitos analíticos básicos da teoria econômica, com ênfase na aplicação do dinheiro e por que ter dinheiro é uma boa. Coeficiente fixo das funções de produção, curvas de custo e rendimento e não convexidade dos lucros, tudo isto no primeiro semestre. No segundo semestre, concentrar-nos-emos no controle dos gastos, na arte de fazer trocos e em como manter a carteira recheada. O Serviço de Receita Federal será estudado, e os alunos mais avançados serão instruídos quanto à maneira correta de preencher um formulário de depósito bancário. Os outros tópicos incluem: Inflação e Depressão – que tipo de roupa usar em cada uma – Empréstimos, Lucros e como Fugir sem Pagar a Aposta.

História da Civilização Europeia: Desde a descoberta de um eoípo fossilizado no banheiro masculino de um restaurante à beira da estrada em Nova Jersey, passou-se a suspeitar que, em certa época, Europa e América do Norte foram ligadas por uma faixa de terra que mais tarde afundou ou tornou-se Nova Jersey, ou ambas as coisas. Isto abre novas perspectivas sobre a formação da sociedade europeia e permite aos historiadores conjeturar por que ela se desenvolveu numa região que teria ficado muito melhor no lugar da Ásia. No mesmo curso é também estudada a razão pela qual se decidiu promover a Renascença na Itália.

Introdução à Psicologia: Também conhecida como a teoria do comportamento humano. Por que algumas pessoas são classificadas de "pessoas maravilhosas", enquanto outras você tem simplesmente vontade de esganar? Haverá uma separação entre a mente e o corpo e, nesse caso, qual será preferível ter? Temas como agressão e rebelião serão discutidos. (Os alunos particularmente interessados nesses ramos da psicologia poderão especializar-se posteriormente num dos seguintes tópicos: Introdução à Hostilidade; Hostilidade Intermediária; Ira Avançada; Fundamentos Teóricos do Ódio.) Será dada especial consideração ao estudo do consciente como opção ao inconsciente, como várias sugestões úteis a respeito de como ficar consciente.

**Psicopatologia:** Dirigido à compreensão de obsessões e fobias, inclusive o medo de ser subitamente capturado e recheado com patê de caranguejo; relutância em rebater saques de vôlei; incapacidade de dizer a palavra "jaquetão" na presença de senhoras.

**Filosofia I:** De Platão a Camus, todo o mundo será estudado, com ênfase nos seguintes tópicos:

**Ética:** O imperativo categórico, e como fazer com que ele funcione a seu favor.

**Estética:** Será a arte o espelho da vida? Se não, que diabo é?

**Metafísica:** O que acontece à alma depois da morte? Como é que ela se arranja?

**Epistemologia:** Será o conhecimento conhecível? Se não for, como poderíamos conhecê-lo?

**Absurdo:** Por que a existência é frequentemente considerada tão tola, particularmente para homens que usam sapatos de duas cores, bico fino? Multiplicidade e unicidade serão estudadas em suas relações com a outricidade. (Os alunos que se graduarem em unicidade serão promovidos à duplicidade.)

**FILOSOFIA XXIX-B:** Introdução a Deus. Confronto com o Criador do universo através de pesquisas de campo e conversas com o próprio.

**NOVA MATEMÁTICA:** A matemática tradicional foi recentemente tornada obsoleta pela sensacional descoberta de que há séculos estamos escrevendo o número cinco ao contrário. Isto conduziu a uma reavailação da contagem como um meio de chegar de 1 até 10. Estudo dos conceitos avançados da álgebra buliana e fácil resolução de equações anteriormente insolúveis, sob a ameaça de tapas e pescoções.

**ASTRONOMIA FUNDAMENTAL:** Estudo detalhado do universo e dos cuidados na sua limpeza. O sol, que é feito de gases, pode explodir a qualquer momento, destruindo todo o nosso sistema planetário; o que fazer neste caso. Mais ainda: como identificar as diversas constelações, tais como a Ursa Maior, o Cisne, Sagitário, identificar as 12 estrelas que formam Lúmides, O Vendedor de Ceroulas.

**BIOLOGIA MODERNA:** Quais são as funções do corpo e onde elas podem ser geralmente encontradas. Análise do sangue e explicação completa dos motivos pelos quais a melhor coisa a fazer é deixá-lo correr pelas veias. Dissecação de uma rã pelos estudantes e comparação entre o seu aparelho digestivo e o do homem, com a rã saindo-se por sinal muito bem, exceto quando temperada com curry.

**LEITURA DINÂMICA:** Este curso aumentará a velocidade de sua leitura paulatinamente até o fim do período, quando então o aluno será obrigado a ler *Os Irmãos Karamazov* em 15 minutos. O método consiste em correr os olhos pela página diagonalmente e ignorar tudo, exceto os pronomes. Em pouco tempo também os pronomes são eliminados. Gradualmente o aluno é encorajado a cochilar. Disseca-se uma rã, chega a primavera, as pessoas morrem e casam, e Pinkerton não volta para casa.

**MUSICOLOGIA III:** O aluno é ensinado a tocar "Atirei o Pau no Gato" numa flautinha de criança, progride rapidamente até o "Concerto de Brandenburgo" e depois retorna lentamente a "Atirei um Pau no Gato".

**APRECIAÇÃO MUSICAL:** A fim de "ouvir" corretamente uma grande peça musical, deve-se: 1) conhecer a cidade natal do compositor; 2) distinguir um rondó de um *scherzo* e saber encenar ambos. A postura também é importante. Não vale rir durante a execução, a menos que o compositor tenha tentado ser engraçado, como em *Till Eulenspiegel*, que chega às raias da piada musical (embora ao trombone sejam reservadas as melhores passagens). O ouvido também deve ser educado, pelo fato de ser um dos órgãos mais facilmente enganáveis, podendo até ser confundido com o nariz, dependendo da posição dos alto-falantes numa sala. Outros tópicos: a pausa de quatro compassos e seu potencial como arma política; o canto gregoriano e as espécies de macacos que conseguiam seguir o ritmo.

**COMO ESCREVER UMA PEÇA:** Todo drama é conflito. O desenvolvimento do personagem também é muito importante, bem como o que ele diz. Os alunos aprendem que falas longas e chatas não funcionam muito bem, ao passo que falas curtas e "engraçadas" servem melhor ao propósito do autor. Explora-se também a psicologia simplificada da plateia: Por que uma peça sobre um velho e delicioso personagem chamado Vôzinho nem sempre resulta tão interessante em teatro quanto se concentrar na nuca de alguém e tentar fazê-lo se virar apenas pela força do pensamento? Outros interessantes aspectos da história do teatro são examinados. Por exemplo, antes da invenção do grifo, as marcações do diretor costumavam ser confundidas com diálogos, sendo comum ouvir grandes atores dizendo em pleno palco: "John se levanta e atravessa a cena". Isto, naturalmente, criava certos embaraços e, no mínimo, péssimas críticas nos jornais. O fenômeno é analisado em detalhes e os alunos aprendem como evitar este erro. Leitura exigida: *Shakespeare: Seria Ele Quatro Mulheres?*, de A. F. Shulte.

**INTRODUÇÃO À ASSISTÊNCIA SOCIAL:** Um curso projetado para instruir o assistente social interessado em trabalhar nos subúrbios e favelas. Alguns tópicos sugeridos: como transformar quadrilhas de pivetes em times de basquetebol, e vice-versa; *playgrounds* como meio de prevenção do crime e como fazer de um delinquente em potencial um aqualouco; discriminação racial; lares destruídos; o que fazer em caso de ser atingido por uma corrente de bicicleta.

**YEATS & HIGIENE – ESTUDO COMPARATIVO:** A poesia de William Butler Yeats analisada em função dos cuidados com os dentes. (Curso aberto a um número limitado de alunos.)

# Contos Hassídicos

Um homem viajou até Selma a fim de buscar o conselho do rabino Ben Kaddish, o mais santo dos rabinos e talvez o maior sábio da era medieval.

"Rabino", perguntou o homem, "onde posso encontrar a paz?"

O Hassid olhou-o de alto a baixo e disse: "Depressa, atrás de você!"

O homem virou-se para olhar e o rabino Ben Kaddish acertou-o bem no cocoruto com um castiçal.

"Esta paz chega para você?", perguntou com uma risadinha, ajustando seu barrete.

*Neste conto, fez-se uma pergunta sem sentido. Não apenas a pergunta não tem sentido, como também não tem o homem que viajou até Selma para fazê-la. Não que ele estivesse tão longe de lá, mas por que não ficou quieto no seu canto? Por que ficar importunando o rabino Ben Kaddish, como se este já não tivesse bastantes amolações? A verdade é que o rabino já estava por aqui com esse tipo de gente e, como se não bastasse, andava também envolvido num caso de paternidade ilícita. Portanto, a moral desta história é que o tal homem não tinha mais o que fazer senão vagabundar pelo deserto e dar no saco dos outros. Assim, o rabino simplesmente deu-lhe um cacete, o que, segundo o Pentateuco, é uma das maneiras mais sutis de demonstrar preocupação.*

*Numa versão ligeiramente similar deste mesmo conto, o rabino sobe freneticamente sobre o homem e esculpe-lhe a história de Ruth em seu nariz.*

\*

O rabino Raditz, da Polônia, era um homem baixinho e com uma barba imensa, de quem se diz que seu senso de humor inspirou vários *pogroms*. Um de seus discípulos perguntou: "De quem Deus gostava mais – Moisés ou Abraão?"

"De Abraão", ele respondeu.

"Mas foi Moisés quem conduziu os israelitas à Terra Prometida", retrucou o discípulo.

"Está bem, então foi Moisés", concordou o rabino.

"Agora compreendi, rabino. Foi uma pergunta idiota", disse o discípulo.

"Não apenas isto, mas você é um idiota, sua mulher é uma meeskeit e, se não parar de me torrar a paciência, está excomungado!"

*Aqui o rabino é solicitado a fazer um julgamento de valor entre Moisés e Abraão. O que não é nada fácil, principalmente para um homem que nunca leu a Bíblia e que está apenas enganando. E o que significa a palavra "mal"? O que é mais para o rabino podia ser menos para o homem, e vice-versa. Por exemplo, o rabino gosta de dormir com a barriga para cima. O homem gostaria de dormir em cima da barriga do rabino. O problema aqui é óbvio. Deve-se também observar que, segundo o Pentateuco, torrar a paciência de um rabino é um pecado tão grave quanto ficar afagando pães com outra intenção senão a de comê-los.*

\*

Um homem que não conseguia arranjar casamento para sua feíssima filha procurou o rabino Shimmel, da Cracóvia. "Meu coração pesa de dor", disse ele ao reverendo, "porque Deus me deu uma filha feia."

"Multo feia"?, perguntou o rabino.

"Se ela se deitasse numa bandeja ao lado de um bacalhau, ninguém saberia a diferença."

O sábio meditou por longo tempo e finalmente perguntou:

"Que espécie de bacalhau?"

O homem, surpreso com a pergunta, pensou rápido e respondeu:

"Dinamarquês."

"Uma pena", disse o Rabino. "Se fosse um bacalhau português, ela talvez tivesse alguma chance."

*Eis aí uma fábula que ilustra bem a tredia das qualidades transitórias, tais como a beleza. A garota se parecia com um bacalhau? Por que não? Já viram algumas mulheres andando impunemente na praia? Parecem-se ou não com bacalhaus? E, mesmo que seja assim, não serão todas belas aos olhos de Deus? Talvez. Mas é verdade que, se uma garota parece mais atraente numa travessa de bacalhoada do que num vestido de noiva, podem ter certeza de que ela nunca será muito feliz. Curiosamente, a própria esposa do rabino Shimmell foi acusada de se parecer com uma lula, mas apenas de rosto – e mesmo assim por causa de uma tosse incessante, embora a relação entre uma coisa e outra me escape.*

\*

O rabino Zevi Chaim Israel, um estudioso ortodoxo do Pentateuco e homem que desenvolveu a arte da lamúria a um nível sem precedentes no Ocidente, foi unanimemente considerado o homem mais sábio da Renascença pelos seus discípulos hebreus, os quais totalizavam 1/16 de 1% da população. Certa vez, quando se dirigia à sinagoga para celebrar o sagrado feriado judeu em comemoração à renegação de Deus a qualquer tentação, uma mulher parou-o no caminho e fez-lhe a seguinte pergunta:

"Rabino, por que somos proibidos de comer carne de porco?"

"Ué! *Somos*?", retrucou o rabino, incrédulo. "Argh!"

*Esta é uma das várias histórias hassídicas que tratam das leis hebraicas. O rabino sabe que não se deve comer porco; mas está pouco ligando porque, no fundo, ele adora carne de porco. E não apenas isto, como também se diverte preparando ovos de Páscoa. Em suma, não dá muita bola para a ortodoxia tradicional e encara o pacto de Deus com Abraão como uma mera formalidade. De fato, nunca ficou muito claro por que a carne de porco foi proscrita pela lei hebraica, e alguns estudiosos acreditam que o Pentateuco apenas sugeriu que não se comesse porco em certos restaurantes.*

\*

O rabino Baumel, um *scholar* de Vitebsk, decidiu jejuar em protesto a uma lei que proibia os judeus russos de usarem sandálias fora dos guetos. Durante quatro meses, o santo homem permaneceu deitado num catre, olhando para o teto e recusando alimentação de qualquer espécie. Seus pupilos temeram por sua vida e, então, certo dia, uma mulher aproximou-se de seu leito e, inclinando-se até seu ouvido, perguntou: "Rabino, qual era a cor do cabelo de Ester?" O reverendo virou-se lentamente e a encarou: "Vejam só o que ela me perguntou! Mal consegue imaginar a dor de cabeça provocada por quatro meses sem comer!". Com isso os pupilos do rabino escoltaram-na pessoalmente até a *sukkah*, onde ela comeu da cornucópia da fartura até se fartar.

*Este é um sutil tratamento do problema do orgulho e da vaidade, parecendo implicar que jejuar é um engano dos grossos. Principalmente jejuar com o estômago vazio. O homem não provoca sua própria infelicidade, e parece fato que sofrer só depende da vontade de Deus, embora nem eu entenda por que Ele se diverte tanto com isto. Certas tribos ortodoxas acreditam que o sofrimento é a única forma de redenção, ao passo que os estudiosos mencionam um culto dos essênios, o qual consiste em estar por aí dando cabeçadas nas paredes. Deus, segundo os últimos livros de Moisés, é benevolente, embora haja alguns assuntos em que ele prefere não interferir.*

\*

O rabino Yekel, de Zans – o melhor orador do mundo até que um gentio roubou-lhe as ceroulas – sonhou durante três noites consecutivas que, se viajasse até Vorki, lá encontraria um grande tesouro. Assim, depois de beijar mulher e filhos, botou o pé na estrada, garantindo que estaria de volta em 10 dias. Dois anos depois, foi encontrado perambulando pelos Urais e efetivamente ligado a um panda. Meio morto de fome e de frio, o rabino foi levado de volta para casa, onde conseguiram ressuscitá-lo com uma sopa quente e um cachecol. Em seguida, deram-lhe algo para comer. Depois do jantar, ele contou sua história: A três dias de Zans, foi capturado por nômades selvagens. Quando descobriram que era judeu, forçaram-no a remendar seus fezes e a lavar seus albornozes. Como se isto já não fosse humilhante, despejaram molho azedo em suas orelhas e vedaram-nas com cera. Finalmente, o rabino escapou e dirigiu-se à cidade mais próxima, indo acabar nos Urais porque tinha vergonha de perguntar o caminho.

Depois de contar sua história, o rabino levantou-se e foi para a cama, encontrando debaixo do travesseiro o tesouro que tinha ido procurar. Estático, ajoelhou-se e agradeceu a Deus. Três dias depois, voltava aos Urais, só que desta vez fantasiado de coelho.

*A pequena obra-prima acima ilustra amplamente os absurdos do misticismo. O rabino sonhou* três *noites seguidas. Os Cinco Livros de Moisés subtraídos dos 10 Mandamentos deixam* três. *Cinco menos os irmãos Jacó e Esaú, igual a* três. *Foi um raciocínio parecido com este que levou o rabino Yitzhok Ben Levi, o grande místico judeu, a passar 52 dias seguidos mergulhado em Aqueduto e ainda vir à tona dizendo que estava com sede.*

# Correspondência entre Gossage e Vardebedian

Meu Prezado Vardebedian:

Fiquei sumamente aborrecido hoje ao examinar a correspondência e encontrar minha carta de 16 de setembro, contendo meu 22º movimento (cavalo à quarta do rei), fechada e devolvida ao remetente devido a um pequeno equívoco no endereço – mais precisamente a omissão do seu nome e residência, além da completa falta de selo. Embora não seja segredo que eu tenha cometido alguns enganos no mercado de capitais, culminando no já mencionado 16 de setembro, quando a queda a zero nas ações de determinada firma reduziu meu corretor também a zero, não estou oferecendo esta explicação como desculpa à minha sesquipedal negligência e inépcia. Perdoe-me. O fato de você ter deixado de notar a ausência da carta revela uma pequena distração também de sua parte, o que prefiro creditar ao seu excesso de zelo. Todos nós erramos. A vida é assim – e o xadrez também.

Portanto, apontado o erro, passemos à retificação. Se fizer a gentileza de depositar meu cavalo na quarta casa do rei, acho que poderemos continuar nosso jogo com mais precisão. O anúncio de cheque-mate feito por você em sua carta desta manhã passa a ser, por conseguinte, um alarme falso, e, se reexaminar as posições à luz da descoberta de hoje, notará que é o *seu* rei que está às vésperas do mate, exposto e indefeso, na alça de mira dos meus bispos. Como são irônicas as vicissitudes desta pequena guerra! O destino prega-nos peças surpreendentes, não? Mais uma vez, rogo-lhe aceitar minhas sinceras desculpas por gesto tão descuidado e aguardo ansiosamente o seu próximo movimento.

Anexo segue meu 45º movimento: Meu cavalo toma sua rainha.

Sinceramente,
Gossage

Gossage:

Recebi sua carta contendo o 45º movimento (seu cavalo toma minha rainha?), juntamente com sua longa explicação a respeito de uma elipse em nossa correspondência. Deixe-me ver se entendi perfeitamente. Seu cavalo, que removi do tabuleiro há várias semanas, estaria agora – segundo você – na quarta casa do rei, devido a uma carta perdida no correio há nada menos que 23 movimentos. Não notei qualquer irregularidade na altura, e lembro-me perfeitamente do seu 22º movimento, o qual foi torre à sexta casa da rainha, logo depois estraçalhada por um infeliz gambito de sua parte.

Neste momento, a quarta casa do rei está ocupada pela *minha* torre e, como você perdeu os cavalos – não obstante a sua carta –, não posso compreender com qual deles você pretende me tomar a rainha. Como a maioria das suas peças está bloqueada, acredito que, no fundo, você queria dizer que o seu rei deveria ser movido à quarta casa do meu bispo (sua única possibilidade) – o que já tomei a liberdade de fazer, acrescentando antecipadamente meu 46º movimento, no qual *eu* capturo sua rainha e ponho seu rei em cheque. Agora sua carta tornou-se mais clara e nosso jogo pode prosseguir.

Atenciosamente,
Vardebedian

Vardebedian:

Acabo de analisar sua carta, contendo um estranho 46º movimento, no qual sou convidado a remover minha rainha de uma casa que ela não ocupava há 11 dias. Através de paciente exame, creio ter localizado a causa da sua confusão. A presença de sua torre na quarta casa do rei é tão impossível quanto a existência de dois flocos de neve perfeitamente iguais. Remeta-se ao seu nono movimento no jogo e verá claramente que a sua torre já foi há muito capturada. Na realidade, foi aquela ousada combinação de sacrifício que destroçou o seu centro e custou-lhe *ambas* as torres. Logo, o que elas continuam fazendo no tabuleiro?

Para sua consideração, ofereço-lhe minha versão dos fatos: Aquele turbilhão de troca de peças por volta do 22º movimento deixou-o ligeiramente confuso e, na sua luta desesperada para conservar as posições, deixou de notar a ausência de minha carta habitual e moveu suas peças duas vezes consecutivas, o que lhe deu uma vantagem, digamos, injusta, não acha? Mas o que passou, passou, e repassar todos os nossos movimentos seria tedioso e difícil, para não dizer impossível. Daí acredito que a melhor maneira de retificar a partida seria conceder-me a oportunidade de dois lances consecutivos desta vez. O que seria mais do que justo.

Em primeiro lugar, portanto, tomo o seu bispo com o meu peão. Então, como isso desprotege a sua rainha, capturo-a também. Acho que agora podemos prosseguir.

Sinceramente,
Gossage

P.S.: Anexo segue um diagrama mostrando exatamente a atual posição das peças no tabuleiro, para seu governo. Como pode ver, o seu rei está acuado, desprotegido e sozinho no centro. Boa sorte.

G.

Gossage:

Tendo recebido sua última carta, a qual não prima exatamente pela coerência, posso ver agora o motivo de toda a confusão. Pelo diagrama anexo, concluí que há seis semanas estivemos jogando duas partidas de xadrez completamente diferentes – eu, de acordo com nossa correspondência; e você, de acordo com os seus próprios conceitos, os quais infringem todos os sistemas conhecidos. O movimento do cavalo, supostamente perdido no correio, teria sido impossível no 22º movimento, já que a peça estava então colocada num canto da última fila, sendo que o movimento descrito por você o teria atirado exatamente sobre a bandeja de café ao lado do tabuleiro.

Quanto a permitir-lhe dois lances consecutivos a fim de compensar por um teoricamente extraviado – você deve estar brincando, bicho. Posso conceder-lhe o primeiro movimento (a tomada do bispo), mas não o segundo e, já que agora é minha vez, retalio tomando sua dama com minha torre. Sua observação de que já não tenho as torres pouco significa, pois basta correr os olhos pelo tabuleiro para vê-las firmes em suas casas, esperando para atacar com habilidade e vigor.

Finalmente, o diagrama com o qual você fantasia a sua versão do jogo lembra mais uma concepção enxadrística digna dos Irmãos Marx, e não daquela preciosa obra que me pertencia, *O Xadrez Segundo Nimzowitsch,* que você afanou de minha estante no último inverno, escondendo-o sob o suéter de alpaca, como pude observar com o rabo do olho. Sugiro que estude o diagrama que estou enviando anexo e rearrume o seu tabuleiro de acordo, para que possamos chegar ao final da partida com algum grau de precisão.

Esperançosamente,<br>
Vardebedian

Vardebedian:

Sem querer complicar uma operação já de si complexa (tomei conhecimento de que uma recente doença deixou a sua férrea constituição física e mental provisoriamente abalada, provocando um pequeno descompasso com o mundo real como o conhecemos), devo aproveitar esta oportunidade para desemaranhar nossa trama antes que ela chegue a uma conclusão irremediavelmente kafkiana.

Tivesse eu imaginado que você não seria cavalheiro o suficiente para permitir-me dois lances consecutivos, não teria, no 46º movimento, tomado seu bispo com meu peão. Segundo o seu próprio diagrama, aliás, essas duas peças estão colocadas de forma a tornar impossível tal movimento, limitados como estamos às normas estabelecidas pela Federação Mundial de Bridge, e não pela

Federação Estadual de Boxe. Sem duvidar de que sua intenção foi construtiva ao tomar minha rainha, devo argumentar firmemente que só o desastre pode suceder quando você se arroga um arbitrário poder de decisão e começa a bancar o ditador, mascarando como manobras táticas o que não passa de descarada agressão – comportamento que você próprio deplorou em nossos líderes políticos há poucos meses, no seu ensaio *O Marquês de Sade e a Não Violência*.

Infelizmente, com a progressão tomada pelo jogo, já não posso calcular exatamente em qual casa deve ser colocado o cavalo que você surrupiou, e sugiro que deixemos aos deuses a decisão, permitindo-me fechar os olhos e jogá-lo de novo no tabuleiro, concordando em aceitar qualquer lugar em que ele venha a cair. Talvez acrescente um pouco mais de calor ao nosso pequeno embate. Meu 47º movimento: minha torre captura o seu cavalo.

Sinceramente,
Gossage

Gossage:

Muito curiosa a sua última carta! Bem intencionada, concisa, contendo todos os elementos que, em certos grupos, poderiam passar por um efeito altamente comunicativo, mas que, em outros grupos, seriam classificados imediatamente por aquilo que

Jean-Paul Sartre gosta de se referir como o "nada". O que mais aflora à página é um vívido sentimento de desespero, lembrando-nos os diários deixados pelos exploradores perdidos no Polo ou as cartas dos soldados alemães em Stalingrado. Chega a ser fascinante a maneira pela qual os sentidos se desintegram quando confrontados com a dura realidade, e de como atacam às cegas, devastando miragens e servindo-se de precários escudos contra o arrasador assalto da existência bruta!

Seja como for, meu amigo, dediquei a melhor parte da semana passada a desvendar o miasma de álibis lunáticos que você chama de "sua correspondência", tentando ajustar as coisas para que nossa partida termine bem e de vez. Sua rainha já era. Dê-lhe adeuzinho. Da mesma forma, suas duas torres. Esqueça um dos bispos, porque já o tomei. O outro está tão impotentemente preso a um dos cantos do tabuleiro, longe do terreno de ação do jogo, que seria melhor não contar com ele, para não se decepcionar.

No que se refere ao cavalo que você indiscutivelmente perdeu, mas que se recusa a admitir, já o coloquei na única posição concebível, assim concedendo-lhe o maior número de oportunidades desde que os persas inventaram o jogo. O cavalo jaz agora na sétima casa do meu bispo e, se as suas faculdades de observação não estão totalmente obliteradas, uma simples contemplação do tabuleiro demonstrará que esta cobiçada casa bloqueia agora a única forma que o seu rei teria de escapar das minhas garras. Interessante como a sua desmedida ambição acabou resultando em meu exclusivo proveito! O cavalo, ao forçar sua reentrada no tabuleiro, fecha a sua única saída!

Meu movimento é: rainha à quinta do cavalo. Prepare-se para o mate no próximo lance.

Cordialmente,
Vardebedian

Vardebedian:

É evidente que a tensão exigida na defesa de uma série de absurdas posições enxadrísticas abalou profundamente o delicado equilíbrio do seu aparato psíquico, tornando débil a sua compreensão de certos fenômenos. Não tenho alternativa exceto encerrar a nossa partida rápida e impiedosamente, aliviando a tensão antes que você fique definitivamente imbecilizado.

Cavalo – sim, o cavalo! – à sexta da rainha. Cheque!

Gossage

Gossage:

Bispo à quinta da rainha. Mate!

Lamento que a partida tenha sido demais para você, mas, se isto lhe serve de consolo, vários outros campeões também se renderam ao observar minha técnica. Se quiser revanche, sugiro que tentemos jogar logomania, uma ciência relativamente nova para mim e que ainda não domino com tanta facilidade.

Vardebedian

Vardebedian:

Torre à oitava do cavalo. Mate!

Longe de atormentá-lo com ulteriores detalhes sobre meu mate, por acreditar na sua honestidade básica (um dia, alguma forma de terapia comprovará o que digo), aceito de bom grado o seu desafio em logomania. Vamos ao jogo. Como você jogou com as brancas no xadrez e portanto desfrutou da vantagem do primeiro movimento (tivesse eu adivinhado as suas limitações e lhe teria concedido os dois primeiros movimentos), agora é a minha vez de começar. As sete letras que acabo de virar são O, A, E, J, N, R e Z – uma combinação tão infeliz que, só por si, é um aval de minha integridade. Felizmente, no entanto, um extensivo vocabulário, acoplado ao meu interesse por esoterismo, permitiu-me dar uma ordem etimológica àquilo que, aos menos letrados, pareceria apenas uma garatuja. Minha primeira palavra é ZANGERO. Confira. O escore, neste momento, é de 116 a 0, a meu favor.

Agora é sua vez.

Cordialmente,
Gossage.

# Reflexões de Um Bem-Alimentado

(Depois de ler Dostoiévski e um desses livros de dieta durante uma viagem de avião.)

Sou gordo. Terrivelmente gordo. Sou o sujeito mais gordo que eu conheço. Tenho quilos sobrando em cada centímetro do meu corpo. Meus dedos são gordos. Meus pulsos são gordos. Meus olhos são gordos. (Já imaginaram olhos gordos?) Devo estar com umas centenas de quilos de excesso. A carne transborda em mim como *marshmallow* de um *sundae*. Minha cintura provoca ohs de incredulidade em todo mundo que me vê. Não há a menor dúvida, sou bem gordinho. Agora – perguntará o leitor –, há vantagens ou desvantagens em se ter a compleição física de um mapa-múndi? Não pensem que estou brincando ou falando por parábolas, mas a gordura, por si própria, está acima da moral burguesa. Gordura é simplesmente gordura. Que a gordura tenha qualquer valor em si ou que seja um mal ou digna de pena é, naturalmente, uma piada. Absurdo! O que é a gordura, afinal, senão uma mera acumulação de quilos? E o que são quilos? Apenas uma agregação de células. Pode uma célula ser *moral?* Ou ela está acima do bem e do mal? Quem sabe? – são tão pequeninhas! Não, amigo, nunca devemos distinguir entre o bem e o mal na gordura. Devemos nos educar para encarar a obesidade sem emitir julgamentos de valor, nem classificar este gordo de "um belíssimo gordo" ou aquele de "um pobre gordo".

Vejam o caso de K. Era de tal forma porcino que não passava por uma porta sem a ajuda de um pé de cabra. Na realidade, K. nunca cogitaria ir de uma sala a outra sem se despir por completo e passar manteiga no corpo. Imagino perfeitamente os insultos que deve ter suportado ao passar entre bandos de moleques. Aposto que foi agrilhoado por gritos de "Casas da Banha!".

E então, um belo dia, quando K. já não podia suportar mais, resolveu fazer dieta. Dieta, por que não? Primeiro cortou os doces. Depois, pão, álcool, amidos, massas, molhos. Em suma, K. abandonou tudo aquilo que torna um homem incapaz de dar o laço no sapato sem a ajuda de um contorcionista de circo. Aos poucos, começou a emagrecer. Rolos de banha despencaram de seus braços e pernas. Tempos depois, quando se julgou no ponto, fez a sua primeira aparição pública com seu novo corpo. E, eu diria até, um corpo fisicamente atraente! Parecia o mais feliz dos homens. Eu disse "parecia". Dezoito anos depois, na cama para morrer, com a febre assolando todo o seu frágil corpinho, ele foi ouvido gritando: "Minha gordura! Quero minha gordura! Por favor, encham os meus bolsos de pedras! Que idiota eu fui. Emagrecer! Devo ter sido tentado pelo Demônio!". Bem, creio que a moral da história está mais do que evidente.

Imagino que agora o leitor esteja se perguntando. Está bem, se você é gordo como um capado, por que não entra para um circo? Porque – e admito que confesso isto ligeiramente envergonhado – não posso sair de casa. Não posso sair de casa. Não posso sair de casa porque não consigo vestir as calças. Minhas pernas são grossas demais. Contêm mais carne moída do que todas as lanchonetes da cidade. Devo ter uns 12 mil hambúrgueres em cada perna. Uma coisa é certa: se minha gordura pudesse falar, certamente falaria da enorme solidão de um homem – com, talvez, algumas breves indicações sobre de como fazer barquinhos de papel. Cada quilo do meu corpo gostaria de ser ouvido, inclusive meus 14 queixos e papadas. Minha gordura é milenar. Só a barriga de minha perna já vive isso. Minha gordura não é mais feliz, mas é autêntica. A pior coisa que pode haver é gordura calcificada, mas não sei se os açougues ainda costumam vendê-la.

Mas deixem-me contar-lhes como engordei. Porque é claro que não nasci gordo. Foi a religião que me tornou assim. Houve uma época em que fui magro – bem magro. Tão magro, na realidade, que se alguém me chamasse de gordo, seria imediatamente chamado de cego. E magro continuei até um dia – creio que no dia dos meus 20 anos – em que eu estava tomando chá com torradas com meu tio num restaurante. Meu tio me perguntou: "Você acredita em Deus?". Não entendi. "E, se acredita, quanto acha que ele pesa?" – insistiu. E, assim dizendo, tirou uma longa e luxuriante baforada de seu charuto, com aquele jeito cultivado e sofisticado que só ele sabia ter, explodindo em seguida num acesso de tosse tão violento que achei que fosse ter hemorragia.

"Não, não acredito em Deus", respondi. "Por que, se existe Deus, diga-me, titio, por que existe a miséria e a calvície? Por que alguns homens passam pela vida imunes a milhares de inimigos mortais de sua raça, enquanto outros são acometidos de uma enxaqueca capaz de durar semanas? Por que nossos dias são contados, e não, digamos, dispostos em ordem alfabética? Responda-me, titio. Ou será que o choquei?"

Eu sabia que não corria perigo, porque nada seria capaz de chocar aquele homem. Certa vez ele vira, com seus próprios olhos, a mãe do seu professor de xadrez ser currada pelos turcos e só não achou o incidente divertido porque levou muito tempo.

"Meu querido sobrinho", respondeu, "Deus existe, apesar do que você pensa. E digo-lhe mais: está em toda a parte. Ouviu? Em toda a parte!"

"Em toda a parte, titio? Como pode ter tanta certeza disto se não sabe ao certo nem se nós existimos? É verdade que, neste exato momento, estou tocando a sua verruga com meu dedo, mas não seria isto uma ilusão? E se a vida inteira não passasse de uma ilusão? Por exemplo, há certas seitas de santos no Oriente convencidas de que *nada* existe fora de suas mentes, exceto, é claro, um avião para os Estados Unidos. Suponhamos que todos nós estejamos sozinhos e condenados a vagar ao léu num universo indiferente, sem esperança de salvação, nem qualquer perspectiva além da miséria, da morte e da vazia realidade do nada eterno. E aí, como ficamos?"

Vi logo que tinha provocado uma profunda impressão em meu tio, porque ele disse: "E você ainda se pergunta por que não é convidado para as festas! Mórbido desse jeito!". Como se não bastasse, acusou-me de niilismo e, com aquele seu jeito crítico, típico dos senis, acrescentou: "Deus nem sempre está onde O procuramos, mas eu lhe afirmo, querido sobrinho, que Ele está em toda a parte. Nessas torradas, por exemplo!". E, com isso, levantou-se e saiu, não sem antes deixar-me sua bênção e uma conta mais cara que uma passagem de avião.

Voltei para casa imaginando o que ele estaria dizendo ao afirmar que "Ele está em toda a parte. Nessas torradas, por exemplo". Meio com sono a esta altura, fui tirar uma soneca. E foi então que tive um sonho que mudaria minha vida para sempre. No sonho, estou caminhando pelo campo quando noto que estou com fome. Está bem, morto de fome. Vejo um restaurante e entro. Peço bife com fritas. A garçonete, que me lembra minha senhoria (uma mulher totalmente insípida, parecia com um líquen, desses bem peludos), tenta me convencer a pedir a salada de galinha, que não está cheirando bem. Enquanto converso com a mulher, ela se transforma num faqueiro de 24 talheres. Quase morro de tanto rir, o que, de repente, me faz chorar e finalmente me causa uma séria infecção no ouvido. O salão parece brilhar intensamente e uma figura se aproxima num cavalo branco. É meu calista. Caio no chão cheio de culpa e remorso.

Foi assim o meu sonho. Acordei com uma tremenda sensação de bem-estar. Estava até otimista. Tudo se tornara claro. A frase de meu tio reverbera incessantemente no íntimo da minha existência. Fui à cozinha e comecei a comer. Comi tudo que estava à vista. Bolos, pães, carnes, frutas, legumes. Chocolates, verduras, vinhos, peixe, massas, sorvetes e salsichas. Se Deus está em toda a parte, concluí, está também na comida. Logo, quanto mais comer, mais deísta me tornarei. Impelido por este súbito e incontrolável fervor religioso, empanturrei-me como um fanático. Em seis meses, tinha me tornado o mais santo dos santos, com um coração totalmente devotado às preces e um estômago que parecia estar sempre alguns quilômetros à minha frente. A última vez em que vi meu pé foi numa manhã de quinta-feira em Vitebsk, embora, pelo que me consta, continua no mesmo lugar. Quanto mais comi, mais engordei. Emagrecer teria sido a suprema heresia. Até mesmo um pecado! Porque, quando você perde 10 quilos, prezado leitor (estou presumindo que você não seja tão gordo quanto eu), pode estar perdendo os melhores 10 quilos da sua vida. Pode estar perdendo os 10 quilos que contêm o seu gênio, a sua humanidade, o seu amor e honestidade ou, quem sabe, apenas um irrelevante pneumático na cintura.

Sei o que você deve estar dizendo agora. Está dizendo que tudo isto contradiz tudo o que eu havia dito antes. E como se eu estivesse, de repente, atribuindo valores a uma montanha de carne neutra. É isso mesmo, e daí? Não será a vida uma contradição em si? A opinião de uma pessoa sobre a própria gordura pode mudar como as estações do ano, como a cor do cabelo e como a própria vida. Porque a vida é transformação e a gordura é vida, assim como é também a morte. Estão vendo? A gordura é tudo. A menos, é claro, que você esteja com excesso de peso.

# Os Anos 20 Eram Uma Festa

Vim a Chicago pela primeira vez nos anos 20, para assistir a uma luta. Ernest Hemingway veio comigo e ficamos hospedados na academia de Jack Dempsey. Hemingway tinha acabado de escrever dois contos sobre boxe, e, embora eu e Gertrude Stein tivéssemos achado que estavam bonzinhos, ainda precisavam de algumas mexidas. Dei uma gozada em Hemingway sobre o romance que ele estava escrevendo e rimos a valer e nos divertimos um bocado e então calçamos as luvas de boxe e ele me acertou o nariz.

Naquele inverno, Alice B. Toklas, Picasso e eu alugamos uma *villa* no sul da França. Eu estava revisando as provas do meu romance, que já era considerado o *grande* romance americano, mas as letras eram tão miudinhas que não consegui chegar ao fim dele.

Toda a tarde, Gertrude Stein e eu costumávamos procurar objetos raros nos antiquários, e lembro-me de lhe ter perguntado se ela achava que eu devia continuar escrevendo. Com aquele seu jeito tipicamente oblíquo que nos encantava a todos, ela disse "Não", o que naturalmente queria dizer sim. Portanto, embarquei para a Itália no dia seguinte. A Itália me lembrava Chicago, principalmente Veneza, porque ambas as cidades têm canais e suas suas ruas são cheias de estátuas e catedrais construídas pelos maiores artistas do Renascimento.

Naquele mês, fomos ao estúdio de Picasso em Arles, que então ainda era chamada Rouen ou Zurique, até que os franceses a rebatizaram em 1589 sob Luís, o Vago (Luís foi um rei bastardo do século XVI, que não dava colher de chá a ninguém). Picasso estava justamente começando o que depois seria conhecido como sua "fase azul", mas, como parou para tomar café comigo e com Gertrude, sua "fase azul" só começou, na realidade, uns 10 minutos depois. Durou quatro anos. Portanto, não creio que aqueles 10 minutos tivessem feito muita diferença.

Picasso era um sujeito baixinho que andava de maneira engraçada, pondo um pé na frente do outro até completar o que costumava chamar de "passos". Ríamos muito, mas, por volta de 1930, o fascismo começou a crescer e já quase não havia do que rir. Gertrude Stein e eu examinávamos os quadros de Picasso com muito rigor, e Gertrude era da opinião de que "a arte, qualquer arte, não passa de uma expressão de alguma coisa". Picasso não concordava e respondia: "Não me encha o saco. Deixe-me almoçar". Acho que ele tinha razão. Pelo menos almoçava regularmente.

O estúdio de Picasso era totalmente diferente do de Matisse. Enquanto o de Picasso era uma bagunça, Matisse mantinha o seu em perfeita ordem. Vice-versa também. Em setembro daquele ano, Matisse aceitou uma proposta para pintar um afresco, mas, com a doença de sua mulher, não pôde terminar o trabalho e, por isso, eles tiveram de se contentar com papel de parede. Lembro-me de tudo isso perfeitamente porque foi logo antes daquele inverno que passamos num pequeno apartamento no norte da Suíça, onde a chuva tem o estranho hábito de começar e, de repente, parar. Juan Gris, o cubista espanhol, convenceu Alice Toklas a posar para uma natureza morta e, com a sua característica concepção abstrata dos objetos, começou a quebrar-lhe a cara e o resto do corpo para reduzi-lo às formas geométricas básicas, mas nunca chegou a concluir a obra porque a polícia interveio. Gris era um espanhol provinciano, e Gertrude Stein dizia sempre que só um verdadeiro espanhol podia ter feito o que ele fez; tentar criar obras-primas a partir do nada e ainda falar espanhol ao mesmo tempo. Era realmente um deslumbre.

Recordo-me que, certa tarde, estávamos sentados num bar de lésbicas no sul da França, com nossos pés confortavelmetite instalados no parapeito da varanda, a qual ficava no norte da França, quando Gertrude Stein disse: "Estou enojada". Picasso achou muito engraçado e Matisse e eu tomamos isso como uma espécie de senha para irmos à África. Sete semanas depois, no Quênia, encontramos Hemingway, já bronzeado e de barba e dominando totalmente o estilo seco e descritivo que o caracterizaria. Ali, no chamado continente negro, jactou-se umas mil vezes de ter quebrado caras de uns e outros.

"Que que há, Ernest?", perguntei. Hemingway falou longamente sobre a morte e a aventura, daquele jeito que só ele sabia e, quando acordei, ele já havia armado a barraca e estava fazendo uma enorme fogueira para cozinhar alguns tira-gostos de dois ou três elefantes que acabara de abater. Brinquei com ele sobre sua barba e rimos à beça e tomamos conhaque e então calçamos as luvas de boxe e ele acertou meu nariz.

Naquele ano voltei a Paris para falar com um compositor europeu, magrinho e nervoso, de nariz aquilino e olhos incrivelmente rápidos, e que um dia se tornaria Igor Stravinsky e, mais tarde, seu próprio melhor amigo. Hospedei-me na casa de Man e Sting Ray, e Salvador Dali apareceu várias vezes para jantar, sendo que certo dia Dali resolveu dançar a dança do ventre, o que foi um enorme sucesso, principalmente porque ele estava com dores de prisão de ventre.

Lembro-me de que, uma noite, Scott Fitzgerald e sua mulher Zelda resolveram voltar para casa depois de uma agitada festa de *réveillon*. Estávamos em abril. Havia três meses que não ingeriam nada senão champanha e, na semana anterior, tinham despencado com sua limusine de um rochedo de 30 metros, caindo no oceano, apenas para pagar uma aposta. Os Fitzgerald eram autênticos, isto ninguém pode negar. Eram pessoas muito simples e, quando Grant Wood convidou-os a posar para o seu "Gótico Americano", ficaram simplesmente encantados. Mas, pelo que Zelda me contou, Scott vivia deixando cair o forcado.

Nos anos seguintes, eu e Scott ficamos cada vez mais amigos e muitos acreditam que ele tenha baseado o protagonista de seu último romance em mim e que eu teria baseado minha vida no protagonista de seu romance anterior, e o resultado é que eu acabei sendo processado por um personagem de ficção.

Scott tinha sérios problemas para disciplinar seu trabalho e, embora ambos adorássemos Zelda, chegamos à conclusão de que ela produzia um efeito negativo em seu trabalho, reduzindo a sua produção de um romance por ano a uma esporádica receita anual de peixe e a uma série de vírgulas.

Finalmente, em 1929, fomos todos juntos à Espanha, onde Hemingway apresentou-me a Manolete, o qual era tão sensível que chegava a parecer efeminado. Usava constantemente calças justas de toureiro e, ocasionalmente, salto alto. Manolete era um grande artista, dos maiores. Se não tivesse se tornado um excepcional toureiro, possuía tanta graça que teria ficado famoso no mundo inteiro como guarda-livros.

Divertímo-nos a valer na Espanha e viajamos e escrevemos e Hemingway levou-me para pescar atum e pesquei quatro latas e rimos muito e Alice Toklas perguntou-me se eu estava apaixonado por Gertrude Stein porque havia-lhe dedicado um livro de poemas, embora os poemas fossem de T.S. Eliot e eu disse que sim, que a amava, mas que a coisa nunca daria certo porque ela era muito inteligente para mim, e Alice Toklas concordou, e então calçamos as luvas de boxe e Gertrude Stein acertou meu nariz.

# Conde Drácula

Em algum ponto da Transilvânia, Drácula, o Monstro, dorme em seu caixão forrado de cetim, esperando pela noite. Como a exposição aos raios solares faz-lhe mal à pele, podendo até destruí-lo, ele se mantém protegido na sua tumba, a qual ostenta, gravado em prata, o nome de sua família. Chega então a hora das trevas e, guiado por seu miraculoso instinto, o demônio emerge da segurança de seu esconderijo e, assumindo as pavorosas formas do morcego ou do lobo, erra pelas redondezas, bebendo o sangue de suas vítimas. Finalmente, antes que despontem no céu os primeiros raios de seu arqui-inimigo, o sol, ele volta ao jazigo e dorme, à espera de que o ciclo recomece.

Neste momento ele começa a se mexer. O bater de suas pálpebras é a reação a um instinto secular e inexplicável de que o sol está se pondo e que chega a sua hora. Está particularmente sedento esta noite e, enquanto permanece deitado, já totalmente desperto, vestido com sua capa negra por fora e vermelha por dentro, aguarda que a noite a tudo envolva para que abra a pesada tampa do caixão. Entrementes, decide quais serão as suas vítimas àquela noite. Por que não o padeiro e sua mulher? São suculentos, disponíveis e ingênuos. A lembrança do desavisado casal, cuja confiança ele cultivou cuidadosamente, excita de maneira quase febril a sua sede de sangue, e ele mal pode esperar mais alguns segundos para sair em busca de sua presa.

E, de repente, ele sabe que o sol se pôs. Como um anjo do inferno, levanta-se rapidamente e, transformando-se num morcego, adeja diabolicamente até a cabana de suas vítimas.

"Conde Drácula! Mas que surpresa agradável!" – diz a mulher do padeiro, abrindo a porta e convidando-o a entrar. (Claro que ele já reassumiu a forma humana, usando de todo o seu charme para disfarçar intenções tão malévolas.)

"O que o traz aqui tão cedo?" – pergunta o padeiro.

"O seu convite para jantar, naturalmente" – ele responde. – "Espero não ter cometido um engano. Tínhamos marcado para esta noite, não?"

"Sim, para esta noite, mas ainda é meio-dia!"
"Como disse?" – perguntou o Conde, confuso.
"Ou veio para assistir conosco ao eclipse?"
"Eclipse?"
"Sim. Estamos tendo eclipse total."
"O QUÊ?"

"O eclipse foi previsto para dois minutos depois do meio-dia. Deve estar terminando. Olhe pela janela."

"Oh! Acho que estou frito!"

"Como?"

"Com licença, tenho que me retirar..."

"Como disse, Conde Drácula?"

"Preciso ir – ahhh – oh, meu Deus..." – e freneticamente agarra a maçaneta da porta.

"Já está indo, Conde? Mas o senhor acabou de chegar!"

"Eu sei – mas – acho que me enganei..."

"Conde Drácula, o senhor está tão pálido!"

"Estou? Devo estar precisando de ar fresco. Olhem, foi um prazer revê-los e..."

"Ora, não faça cerimônia. Sente-se. Vamos tomar um drinque."

"Drinque? Não, preciso sair correndo. Aliás, voando! Tire o pé de minha capa."

"Ah, desculpe. Vamos, relaxe. Quer um vinho?"

"Vinho? Não, pode deixar. Sofro do fígado, você sabe. E agora, tchau, tchau, preciso sair daqui a jato. Acabo de me lembrar que deixei acesas ao luzes do meu castelo. E com as contas ao preço em que estão..."

"Por favor", insiste o padeiro, abraçando firmemente o Conde. "O senhor não está incomodando. Não seja tão cerimonioso. Apenas chegou mais cedo."

"Olhem, eu gostaria, mas há uma reunião de condes romenos no castelo e ainda tenho que preparar os frios."

"Mas que pressa. Não sei como não tem um ataque do coração!"

"Para dizer a verdade, acho que vou ter um agora!"

"Eu estava preparando justamente um empadão de galinha para esta noite" – diz a mulher do padeiro. – "Espero que goste."

"Adoro, adoro" – diz o Conde com um sorriso, empurrando a mulher sobre uma pilha de roupa suja. Abre por engano a porta de um armário, entra e diz: – "Meu Deus, onde fica a merda da porta da frente?"

"Ha, ha!" – ri a mulher do padeiro – "Como o Conde é engraçado!"

"Engraçadíssimo" – responde o Conde, forçando uma risadinha.

"Agora saia da frente, sua broa velha!" Finalmente abre a porta da frente, mas já não há tempo.

"Olhe, mamãe!" – grita o padeiro. – "O eclipse deve ter terminado! O sol está saindo de novo!"

"É isso mesmo" – diz o Conde, voltando para dentro e trancando a porta. – "Resolvi ficar. Fechem todas as cortinas depressa! *Depressa*!"

"Que cortinas, Conde?"

"Ah, vocês não têm cortinas. Devia ter adivinhado. O porão, onde fica o porão?"

"Não temos porão" – responde a mulher com ar compreensivo.

"Estou sempre dizendo a Jarslov, temos que construir um porão, Jarslov. Mas Jarslov é assim, nunca segue meus conselhos, não é, Jarslov?"

"Estou sufocando. Onde é o armário?"

"Essa brincadeira nós já conhecemos, Conde. Mamãe e eu rimos muito."

"Ah, como o Conde é engraçado!"

"Olhem, vou me trancar no armário. Acordem-me às 7:30!" E assim dizendo, o Conde se trancou no armário.

"Ah, ah, ah! Ele não é uma graça, Jarslov?"

"Oh. Sr. Conde, saia do armário! Não seja bobinho!"

De dentro do armário sai a voz abafada do Conde: "Não – posso. Por favor. Deixem-me – ficar aqui. Está escurinho, gostoso..."

"Sr. Conde, pare com isso. Já não aguentamos de tanto rir!"

"Eu – adoro – esse armário –"

"Sim, mas..."

"Eu sei, eu sei. Parece estranho, mas eu gosto de ficar aqui dentro. Outro dia mesmo eu estava dizendo à sra. Hess, sou louco por armários. Sou capaz de ficar horas dentro deles. Boa mulher, a sra. Hess. Gorda, mas uma doce criatura. Agora, por que vocês não vão dar uma volta e me chamam à noite, hem? Ramonal, la-ra-ri-la-ri-ri-ri-ri..."

Chegam o prefeito e sua mulher. Estavam passando e resolveram entrar para visitar seus bons amigos, o padeiro e a mulher.

"Olá, Jarslov. Espero que eu e Katia não estejamos incomodando."

"Ora, sr. prefeito, é uma honra. Saia daí, Conde Drácula! Temos visitas!"

"O Conde está aqui?", pergunta surpreso o prefeito.

"Está, e o senhor nunca adivinharia onde", diz a mulher do padeiro.

"E tão difícil vê-lo a esta hora. Acho até que nunca o vi durante o dia."

"Pois o fato é que ele está aqui. Saia daí, Conde Drácula!"

"Onde está ele?", pergunta Katia, sem saber se deve rir ou não.

"Pare com essa brincadeira! Saia daí já, já!", ordena a mulher do padeiro, já impaciente.

"Está trancado no armário", diz o padeiro, meio sem jeito.

"É mesmo?", pergunta o prefeito.

"Vamos logo", berra a mulher, esmurrando a porta. "Já perdeu a graça. O prefeito está aqui."

"Ora, Drácula, que piada é esta?", grita o prefeito. "Vamos tomar um drinque."

"Vão embora, todos vocês. Estou ocupado", responde a voz do Conde.

"No armário?"

"Pois é. Não se preocupem. Daqui posso ouvir o que vocês dizem. Se tiver alguma coisa a acrescentar, prometo entrar na conversa."

Os dois casais se entreolham, desistem, servem as bebidas e começam o papo.

"Que eclipse hoje, hem?", comenta o prefeito, bebericando.

"É. Incrível."

"Incrível mesmo!", comenta Drácula, lá do armário.

"O que foi, Conde?"

"Nada, nada. Esqueçam."

E assim passa o tempo, até que o prefeito já não aguenta mais e abre à força a porta do armário, gritando: "Chega, Drácula. Saia daí. Você é um homem crescido. Pare com esta loucura."

A luz do sol penetra no ambiente, fazendo com que o monstro comece a encolher, lentamente dissolver-se a um esqueleto e finalmente ser reduzido a pó, diante dos atônitos presentes. Abaixando-se para contemplar o montinho de cinzas brancas no chão do armário, a mulher do padeiro grita:

"Quer dizer que vamos ter de jantar fora esta noite?"

# Um Pouco Mais Alto Por Favor

Compreendam que estão lidando com um homem que devorou o *Finnegans Wake* enquanto brincava numa montanha-russa em Coney Island, desvendando com facilidade os abstrusos mistérios joyceanos, apesar de todas aquelas guinadas e descaídas capazes de afrouxar até as mais sólidas obturações a ouro. Compreendam também que eu fui um dos poucos que conseguiram perceber no Buick prensado, exibido no Museu de Arte Moderna, aquela sutil interligação de nuances e sombras que Odilon Redon poderia ter atingido, caso tivesse desprezado a delicada ambiguidade dos pastéis e trabalhado com uma trituradora de ferro-velho. E, portanto, como um daqueles cuja múltipla perspicácia foi das primeiras a interpretar corretamente *Esperando Godot,* para gáudio de seus perplexos espectadores, desnorteados durante o intervalo e sem saber se arrancavam o dinheiro da entrada da pele do bilheteiro ou se se conformavam com a sua perda, posso dizer com certeza que meu relacionamento com as sete artes é dos mais sólidos.

Acrescentem a isto o fato de que os oito rádios regidos simultaneamente naquele famoso concerto no Town Hall deixaram-me emocionado, e que até hoje costumo sentar-me ao pé do meu Philco, num porão do Harlem, onde sintonizo alguns noticiários e boletins meteorológicos, enquanto um lacônico amigo meu, chamado Jess, narra partidas inteiras de futebol, naturalmente fictícias, mas nas quais seu time nunca vence.

Finalmente, para completar o meu caso, notem que sou uma figurinha das mais fáceis em *happenings* e estreias de filmes udigrúdi e que colaboro frequentemente em *Câmara na Mão,* uma revista mensal que circula uma vez por ano, dedicada às últimas pesquisas sobre cinema e pesca em águas turvas. Se tudo isso não for suficiente para que eu possa ser considerado um intelectual, então, bicho, desisto. E, no entanto, apesar desse veio inestancável de percepção, que brota de mim como xarope pela goela de uma criança, fui lembrado recentemente de que possuo um calcanhar cultural de Aquiles que começa pela planta do pé, sobe perna acima e vai até a nuca. Deu pra entender?

Não. Tudo começou em janeiro último quando eu estava num bar da Broadway, devorando uma divina queijada e sofrendo uma alucinação tão violenta do colesterol que quase podia sentir minha aorta solidificando-se como um taco de golfe. Ao meu lado havia uma loura, dessas de fechar o comércio, que arfava e contorcia-se dentro de uma camiseta preta justa, de maneira tão provocante que seria capaz de transformar um escoteiro num lobisomem. O principal tema de nosso relacionamento, durante os primeiros 15 minutos de bola em jogo, limitara-se à minha observação "Passe o sal, por favor", apesar de várias tentativas de minha parte de começar alguma coisa. E, de fato, aconteceu: ela me passou o sal e fui obrigado a despejar algumas pitadas sobre a queijada, para demonstrar-lhe a integridade de minha solicitação.

"Parece que os ovos vão subir", arrisquei finalmente, fingindo aquela superioridade típica de um homem que aluga porta-aviões para passear na baía. Sem saber que seu namoradinho estivador acabara de entrar no bar, com um *timing* digno do Gordo e o Magro, e que estava agora parado bem atrás de mim, dei-lhe um olhar bem lânguido e guloso, e só me lembro de ter feito alguma piada de mau gosto sobre arquitetura moderna antes de perder os sentidos. A próxima coisa de que me lembro foi a de estar correndo pela rua, a fim de escapar da ira do que parecia ser um bando de sicilianos tentando vingar a honra da garota. Escondi-me na sala escura de um cinema de sessões passatempo, onde uma pirueta de Pernalonga e três tranquilizantes restauraram meu sistema nervoso ao meu compasso normal. O filme principal surgiu na tela e, para minha surpresa, tratava dos habitantes das florestas da Nova Guiné – que achei melhor ainda do que "Formações de Musgo" ou "A Vida dos Pinguins". Dizia o narrador "Atrasados, vivendo hoje exatamente como seus antepassados de milhões de anos, eles se alimentam de javalis selvagens cujo padrão de vida também não parece estar melhorando muito, e à noite reúnem-se em volta da fogueira para falar de suas façanhas do dia através de mímica". Mímica. A palavra me atingiu com a clareza de um inalador nasal. Era uma rachadura na minha armadura cultural – a única, é verdade, mas que me perturbou quase tanto quanto uma versão muda de *O Capote*, de Gogol, que me parece ser apenas uma trupe de 14 russos fazendo ginástica. O fato é que a mímica sempre fora um mistério para mim – um mistério que eu sempre preferira ignorar, devido ao embaraço que me causava. Mas a sensação de fracasso voltava a me atingir, e, desta vez, com força redobrada. Confesso que não compreendia as frenéticas gesticulações dos aborígenes da Nova Guiné, assim como também não entendia por que as multidões viviam adulando Marcel Marceau. Contorcia-me na minha poltrona à medida que aquele Téspis da selva estimulava os seus pares sem dizer palavra, finalmente passando uma cesta na qual recolhia dos mais velhos o que devia significar dinheiro. E, então, totalmente arrasado, saí do cinema.

Em casa, àquela noite, minha limitação deixou-me angustiado. Infelizmente, era verdade: apesar de minha celeridade canina em outras áreas da criação artística, bastava uma pitada de mímica para me deixar tão em branco quanto uma vaca. Comecei a rugir de impotência, mas senti uma distensão na panturrilha e tive de me sentar. Tentei raciocinar. Afinal de contas, haverá meio mais elementar de comunicação? Por que seria esta forma universal de arte tão óbvia para todos, menos para mim? Tentei novamente rugir de impotência e desta vez consegui, mas moro numa rua tão sossegada que, em poucos minutos, dois amáveis brutamontes da 19ª vieram me informar de que rugir de impotência poderia me acarretar uma multa de 500 dólares, seis meses de prisão ou ambas. Agradeci-lhes e fui direto para a cama, onde a luta para dormir e esquecer minha monstruosa limitação resultou em oito horas de ansiedade noturna que eu não desejaria a Macbeth.

Outra manifestação dramática de minha ignora sobre mímica ocorreu apenas algumas semanas mais tarde, quando dois ingressos grátis para o teatro foram colocados debaixo de minha porta – o prêmio por eu ter identificado corretamente a voz de Mama Yancey num programa de rádio, uns 15 dias antes. (O primeiro prêmio era um Bentley do ano e, em minha excitação para ligar primeiro do que os outros para o disc-jóquei, saí correndo nu do banheiro. Pegando o telefone com uma mão molhada e sintonizando o rádio com a outra, levei um choque que me fez subir pelas paredes e provocou um curto que apagou as luzes da rua inteira. Minha segunda órbita em volta do lustre foi interrompida por uma gaveta aberta em minha escrivaninha Louis XV, contra a qual eu tinha ido de cabeça, acabando por engolir um bibelô. Uma insígnia florida em meu rosto, o qual agora parecia ter sido ferreteado por uma forminha de biscoito rococó, além de um galo na cabeça do tamanho de um ovo de albatroz, fizeram-me tirar o segundo lugar, atrás da sra. Sleet Mazursky. Assim, dando adeusinho ao Bentley, candidatei-me às duas entradas grátis para uma peça num teatrinho Off Broadway.)

Ao descobrir que havia no elenco um mímico de fama internacional, meu entusiasmo desceu a uma temperatura de calota polar. Mas, decidindo acabar com aquela cisma, resolvi ir. Como parecia impossível arranjar alguém para ir comigo em apenas seis semanas, usei o ingresso que estava sobrando para dar de gorjeta a meu lavador de janelas, Lars, um lacaio tão sensível quanto o Muro de Berlim. A princípio, o pobre idiota achou que o cartãozinho laranja era para comer, mas quando expliquei-lhe que aquilo servia para assistir a uma divertida noite de mímica – o único espetáculo, além de um incêndio, que ele seria capaz de apreciar –, agradeceu-me profusamente.

Na noite do espetáculo, nós dois – eu, com minha capa de ópera, e Lars com seu balde – saímos com *aplomb* de um táxi e, adentrando o teatro, dirigimo-nos portentosamente a nossas poltronas, onde estudei o programa e descobri, com certo nervosismo, que o primeiro número seria uma pequena pantomima intitulada *Indo a um Piquenique*. Começou com um homenzinho entrando no palco, todo maquilado de branco e vestido com uma pele de leopardo preto. Enfim, uma roupa típica de piquenique – eu mesmo usei uma dessas num piquenique no Central Park ano passado e, exceto por alguns adolescentes irritados que viram naquilo um convite a alterar os ângulos do meu rosto, ninguém mais notou. O mímico, em seguida, estendeu no chão a toalha de piquenique e foi aí que minha confusão começou. Eu não sabia direito se ele estava estendendo a toalha ou ordenhando uma pequena cabra. Depois, com um gesto estudado, tirou os sapatos, embora eu não possa jurar que fossem sapatos, porque ele parecia ter bebido um deles e despachado o outro para Pittsburgh. Digo "Pittsburgh", mas realmente é difícil descrever o conceito mímico de Pittsburgh, e, quanto mais penso no assunto, mais me convenço de que, em vez disso, ele estava representando um palmípede tentando sair de uma porta giratória – ou talvez dois anões desmontando uma rotativa. O que isso tem a ver com um piquenique, confesso que me escapa. O mímico então começou a empilhar uma coleção invisível de objetos retangulares, aparentemente pesados, como uma coleção completa da *Encyclopaedia Britannica,* que, segundo suspeito, ele estava tirando da cesta de piquenique, embora pudesse ser também o Quarteto de Cordas de Budapeste, todos de fraque e amordaçados.

A essa altura, para surpresa dos presentes ao meu lado, comecei como sempre a tentar ajudar o mímico a esclarecer os detalhes da ccna, tentando adivinhar em voz alta o que ele estava fazendo. "Travesseiro... um travesseiro grande? Almofada? Está parecendo almofada..." Esta participação, mesmo bem-intencionada, costuma aborrecer os verdadeiros amantes do teatro mudo e já notei em mais de uma ocasião uma tendência, daqueles sentados perto de mim, de manifestarem de diversas formas o seu desagrado. Geralmente as pessoas apenas pigarreiam para me mandar calar a boca, mas certa vez recebi um tapa no pé da orelha desferido por uma senhora. Nesta mesma ocasião, uma espectadora bateu com sua *lorgnette* nos meus dedos, aproveitando para admoestar-me com uma expressão como "Sem essa, cara!". Em seguida, com a paciência de um sargento falando com um soldado recém-atingido por um obus, explicou-me que o mímico estava naquele momento tratando humoristicamente os vários elementos que compõem um piquenique – formigas, chuva e o nunca por demais lembrado abridor de garrafas. Temporariamente esclarecido, rolei de rir da piada do homem que vai a um piquenique e esquece em casa o abridor de garrafas. O que faltam inventar, não é?

Finalmente, o mímico começou a encher balões invisíveis. Ou então tatuar o corpo docente de uma universidade – mas poderia também estar tatuando qualquer quadrúpede enorme, extinto, frequentemente anfíbio e geralmente herbívoro, desde que fossilizado e encontrado no Ártico, bem conservado em temperatura ambiente. A esta altura a plateia já não aguentava de dar risada. Mesmo o obtuso Lars tinha sido obrigado a usar seu rodo para enxugar as lágrimas que corriam pelo seu rosto, de tanto rir. Mas, para mim, não havia jeito: quanto mais me esforçava, menos compreendia. Absolutamente derrotado, achei que já chegava e me mandei. Na saída, ouvi um interessante diálogo entre duas faxineiras do teatro sobre os prós e os contras da bursite. Recuperando moderadamente a consciência sob as luzes da marquise na calçada, ajeitei o nó da gravata e dei um pulinho ao Riker's, onde um hambúrguer e uma laranjada me foram servidos sem com que eu tivesse o menor trabalho em decifrar-lhes o significado. E, pela primeira vez naquela noite, pude me desfazer de meu pesado fardo de culpas. E, até hoje, devo admitir que a lacuna permanece em minha cultura. Mas continuo insistindo. Nunca mais perdi um espetáculo de mímica. Além disso, como eles não falam, limitando-se a revirar os olhos, contorcer-se e plantar bananeira, não me incomodam enquanto durmo.

# Conversações com Helmholz

O que se segue são alguns trechos extraídos das *Conversações Com Helmholz,* brevemente nas livrarias.

O dr. Helmholz, hoje com cerca de 90 anos, foi contemporâneo de Freud, pioneiro da psicanálise e fundador de uma escola de psicologia que hoje leva o seu nome. Mas talvez seja mais conhecido por suas experiências sobre o comportamento, nas quais provou que a morte é um traço adquirido.

Helmholz reside em Lausanne, Suíça, com seu criado Hrolf e seu cão dinamarquês Hrolf. Dedica grande parte do tempo a escrever e está, neste momento, revisando sua autobiografia, a fim de incluir-se nela. As "conversações" foram mantidas durante um período de vários meses entre Helmholz e seu discípulo Temor Hoffnung, a quem Helmholz odeia intensamente, mas a quem tolera porque ele lhe traz bombons recheados.

Seus diálogos cobrem inúmeros assuntos, da psicanálise e religião até aos verdadeiros motivos pelos quais Helmholz nunca conseguiu adquirir um cartão de crédito. "O Mestre", como Hoffnung o chama, revela-se neste livro um homem afetuoso e perceptivo, capaz de afirmar que trocaria todas as realizações de sua vida por uma pomada que o livrasse das hemorroidas.

1º DE ABRIL: Cheguei à casa de Helmholz precisamente às 10 horas e fui informado pelo criado de que o médico estava no gabinete livrando-se de suas capas. Em minha pressa, julguei ter ouvido que o médico estava no gabinete livrando-se de sua caspa. Como logo descobri, eu tinha ouvido corretamente e Helmholz estava realmente livrando-se de sua caspa, com o auxílio de uma escovinha. Não apenas isto, como juntava os montinhos de caspa sobre a escrivaninha e estudava-os cuidadosamente. Quando lhe perguntei para que aquilo, ele respondeu: "Calcule quantas neuroses subjacentes nessas pequeninas glândulas sebáceas!". Sua resposta me intrigou, mas preferi não insistir no assunto. Quando ele se reclinou no divã, perguntei-lhe sobre Freud e os primeiros anos da psicanálise.

"Quando conheci Freud, já estava construindo minhas teorias. Encontramo-nos numa padaria. Freud estava tentando comprar bolachas, mas não tolerava a ideia de pedi-las pelo nome. Como você sabe, ele tinha vergonha de pronunciar a palavra bolachas. Apontou para as bolachas e disse ao padeiro, 'Quero meio quilo daquelas coisinhas ali'. O padeiro perguntou, 'O senhor se refere às bolachas, herr professor?' Freud ficou rubro e disse, 'Não. Pode deixar', e saiu. Naturalmente, comprei as bolachas, o que não me provocou qualquer embaraço, e presenteei-o com elas. Desde então nos tornamos amigos, mas o assunto sempre me intrigou. Por que algumas pessoas têm vergonha de dizer certas palavras? Há alguma que você não diga, por exemplo?"

Expliquei ao dr. Helmholz que, de fato, sempre me sentia mal ao dizer "oblívio". Helmholz respondeu que esta era uma palavra absolutamente cretina e que gostaria de quebrar a cara da pessoa que a tinha inventado.

A conversa voltou a tratar de Freud, que parece dominar todos os pensamentos de Helmholz, embora os dois tivessem passado a se detestar depois de uma violenta discussão a respeito de salsa.

"Lembro-me de um caso de Freud: a paralisia nasal de Edna S. Histérica, que a impedia de imitar um coelho quando tinha vontade. Isso causava à moça uma grande ansiedade entre seus amigos, os quais, com enorme dose de crueldade, pediam-lhe que imitasse um coelho e, como ela não conseguisse, contorciam livremente suas narinas, apenas para provocá-la. Freud analisou-a em inúmeras sessões, mas, em vez de se tornar dependente de Freud, tornou-se dependente de um cabide no consultório. Freud ficou receoso porque, naqueles tempos, a psicanálise ainda era vista com muitas reservas. Assim, no dia em que ela fugiu com o cabide, Freud jurou que abandonaria a profissão. De fato, durante algum tempo chegou a pensar seriamente em tornar-se um acrobata, só desistindo depois que Ferenczi o convenceu de que ele nunca aprenderia a dar cambalhotas muito bem."

Pude então notar que Helmholz estava meio sonolento, porque havia escorregado do divã e estava agora ressonando debaixo da mesa. Assim, decidido a não perturbá-lo, saí na ponta dos pés.

**5 DE ABRIL:** Quando cheguei, Helmholz estava tocando violino. (É um maravilhoso violinista, embora não saiba ler música e só consiga tocar uma nota.) Mais uma vez, discutimos os problemas iniciais da psicanálise.

"Todos brigavam por causa de Freud. Rank tinha ciúmes de Jones. Jones tinha ciúmes de Brill. Brill tinha tantos ciúmes de Adler que chegou a esconder-lhe suas galochas. Certa vez Freud descobriu um puxa-puxa em seu bolso e deu um pedaço a Jung. Rank ficou furioso. Queixou-se a mim de que Freud estava protegendo Jung, principalmente na hora de distribuir os doces. Não lhe dei confiança porque, certa vez, ele se referiu ao meu trabalho *A Euforia das Lesmas* como 'o zênite do raciocínio mongoloide'. Muitos anos depois, Rank recordou-me o episódio enquanto pescávamos baleias nos

Alpes. Repeti-lhe minha opinião de que ele havia agido como um idiota e ele admitiu que, naquela época, estava sob particular tensão porque acabara de descobrir que seu primeiro nome, Otto, podia ser escrito de trás para frente sem que fizesse diferença, e que isto o deprimia."

Helmholz convidou-me para jantar. Sentamo-nos a uma grande mesa de carvalho, que ele afirma ter sido presente de Greta Garbo, embora ela desminta qualquer conhecimento disso ou de Helmholz. Um jantar tipicamente helmholzlano consistia de uma passa, generosas porções de banha e uma lata de salmão para cada um. Quando terminamos, foram servidas pastilhas de hortelã e Helmholz mostrou-me sua coleção de borboletas, o que deixou-o agastado quando ele se deu conta de que elas não podiam voar.

Em seguida, dirigimo-nos à sala para os charutos de praxe. Helmholz esqueceu-se de acender o seu, mas aspirava com tanta força que o charuto realmente estava diminuindo. Enquanto isso, discutimos alguns dos mais célebres casos do Mestre.

"Houve, por exemplo, Joachim B. Era um homem de meia-idade que não conseguia entrar numa sala onde houvesse um violoncelo. Mais grave ainda, se descobrisse que estava numa sala onde houvesse um violoncelo, não conseguia sair, a não ser convidado por um Rothschild. Além disso, Joachim B. gaguejava. Mas não quando falava.

Apenas quando escrevia. Se tinha de escrever a palavra mas, provavelmente a escreveria M-MM-
-M-M-MAS. Isto o incomodava tanto que, um dia, tentou o suicídio por asfixia, enfiando a cabeça dentro de um queijo. Mas, como se tratava de um queijo suíço, não morreu. Curei-o através da hipnose e, a partir daí, levou uma vida relativamente normal, embora ocasionalmente se referisse a um cavalo que o aconselhara a tentar arquitetura."

Helmholz falou depois do tristemente célebre V., o tarado que aterrorizou Londres:

"Um dos casos mais estranhos de perversão. Possuía uma fantasia sexual recorrente na qual era humilhado por um grupo de antropólogos e obrigado a andar com as pernas arqueadas, o que lhe dava grande prazer sexual. Lembrava-se também de que, em criança, surpreendera a governanta de seus pais (uma mulher de moral ambígua) no ato de beijar compulsivamente um repolho, o que achou erótico. Na adolescência, foi punido pelo pai severamente por ter envernizado a cabeça de seu irmão, embora seu pai, pintor de profissão, só se tivesse irritado pelo fato de ele ter dado uma só mão de verniz. V. atacou a primeira mulher aos 18 anos e, dali em diante, violou cerca de meia-dúzia por semana durante anos. O melhor que pude fazer por ele foi descobrir um hábito mais aceitável socialmente para substituir suas tendências agressivas. Assim, quando se via a sós com uma mulher, tirava do bolso um enorme talo de aspargo e o mostrava a ela, em vez de atacá-la. Embora a visão daquilo pudesse provocar certa consternação em algumas, eram pelo menos poupadas de qualquer violência e algumas até confessaram que suas vidas foram enriquecidas pela experiência."

**12 de abril:** Desta vez Helmholz não estava se sentindo muito bem. Tinha se perdido no quintal, na véspera, e tropeçara em algumas pêras. Encontrei-o deitado, mas sentou-se na cama assim que cheguei e até deu boas risadas quando lhe contei que tinha um abcesso.

Discutimos sua teoria da psicologia reversa, a qual lhe ocorreu logo depois que Freud morreu. (A morte de Freud, segundo Ernest Jones, foi o fato que provocou a separação definitiva entre Helmholz e Freud. Os dois raramente se falaram depois disso.)

Naquela época, Helmholz havia desenvolvido um processo pelo qual tocava uma campainha e uma parelha de ratos brancos acompanhava sua mulher até a porta e a deixava na estrada. Helmholz realizou muitas outras experiências behavioristas e só as abandonou quando um cachorro que ele treinara para salivar à sua chegada recusou-se a deixá-lo entrar em casa num feriado. Além disso, Helmholz escreveu também o hoje clássico *Risotas Espontâneas dos Caribus*.

"É verdade, eu fundei a escola da psicologia reversa, mas por acidente. Minha mulher e eu estávamos confortavelmente deitados para dormir quando deu-me uma irresistível vontade de beber água. Com preguiça de ir apanhá-la eu mesmo, pedi à sra. Helmholz que fosse à cozinha buscá-la. Ela se recusou, argumentando cansaço por ter passado o dia ordenhando galinhas. Finalmente, eu disse: Está bem, não estou com sede e, se você quiser saber, água seria a última coisa que eu tomaria agora. Com isso, a mulher deu um salto da cama e disse: Ah, não quer beber água, hem? – e foi lá dentro buscá-la. Tentei discutir o incidente com Freud durante uma gincana de analistas em Berlim, mas ele e Jung estavam empenhados numa corrida de sacos e não tiveram tempo de me ouvir. Só anos depois pude utilizar esse princípio no tratamento de depressão, conseguindo curar o grande cantor de ópera, J., de sua apreensão mórbida de que, algum dia, morreria engasgado com uma semifusa."

**18 DE ABRIL:** Quando cheguei, encontrei Helmholz podando roseiras. Falou com eloquência da beleza das flores, as quais admirava porque "nunca lhe pediam dinheiro emprestado".

Falamos também da psicanálise contemporânea, que Helmholz considera um mito mantido vivo apenas pela indústria de divãs.

"Esses analistas modernos! Cobram muito caro. No meu tempo, por cinco marcos o próprio Freud o analisaria. Por 10 marcos, não apenas o analisaria, como lhe passaria as calças a ferro. Por 15 marcos, Freud deixaria que *você* o analisasse. Mas, hoje? Trinta dólares a hora! Cinquenta dólares a hora! O Kaiser não ganhava mais do que 12 para ser o Kaiser! E ele tinha de andar para chegar ao trabalho. E a extensão dos tratamentos? Dois anos! Cinco anos! Se um analista não consegue curar um paciente em seis meses, devia devolver-lhe o dinheiro, levá-lo a um teatro rebolado e dar-lhe uma fruteira de mogno ou um faqueiro de aço. Lembro-me de como era fácil identificar os clientes com quem Jung fracassara, porque ele sempre lhes dava pandas embalsamados."

Passeamos pelo jardim e Helmholz falou de outros assuntos. Sua cabeça era uma coleção de conceitos originais, alguns dos quais consegui preservar, anotando-os num papel.

SOBRE A CONDIÇÃO HUMANA: "Se o homem fosse imortal, já imaginaram como não seriam suas contas de açougue?"

SOBRE A RELIGIÃO: "Não acredito na vida depois da morte, embora sempre traga comigo uma muda de cueca."

**Sobre literatura:** "A literatura inteira é uma nota ao pé de página de *Fausto*, mas não sei o que quero dizer com isso."

Cada vez me convenço mais de que Helmholz é um grande homem. Mas também não sei o que quero dizer com isso.

# Viva Vargas!

## Excertos do Diário de uma Revolução

**3 de junho:** Viva Vargas! Hoje nos mandamos para as colinas. Revoltados com a exploração de nosso país pelo corrupto regime de Arroyo, mandamos Julio ao palácio com uma lista de exigências e reivindicações, nenhuma delas afoita nem – em minha opinião – excessiva. Infelizmente, a agenda de Arroyo não lhe permitiu dispensar um pouco do tempo em que estava sendo abanado para receber nosso querido emissário e, por isso, transferiu o assunto a seu ministro, o qual prometeu dispensar toda a sua consideração às nossas petições, embora antes fizesse questão de ver quanto tempo Julio conseguia sorrir com a cabeça mergulhada em lava incandescente.

Devido a inúmeros descaramentos como este, resolvemos finalmente, sob a inspirada liderança de Emílio Molina Vargas, tomar o assunto em nossas próprias mãos. Se isto for traição – gritamos nas ruas –, vamos pelo menos botar pra quebrar.

Eu me encontrava confortavelmente refestelado numa banheira quente quando um de nossos informantes veio me avisar de que a polícia estava a caminho para me prender. Ao sair do banho com compreensível pressa, pisei num sabonete molhado e escorreguei até o pátio, caindo justamente em cima de meus dentes, os quais saltitaram pelo cimento como chicletes. Embora nu e meio esfolado, o instinto de sobrevivência ordenou-me a dar o pira dali, o que fiz montando El Diablo, meu fiel garanhão, emitindo o grito de guerra dos rebeldes. Mas parece que até El Diablo se assustou com o grito porque, depois de relinchar, empinou demasiadamente e me jogou ao chão, no que fraturei uma ou outra costela.

Como se tudo isso não bastasse, eu tinha caminhado menos de cinco metros quando me lembrei de minha prensa clandestina e, sem querer deixar para o inimigo uma arma política de tanta força ou uma prova que me condenaria pelo resto da vida, dei meia-volta e fui buscá-la. Mas, como vocês já adivinharam, o raio da prensa pesava mais do que eu imaginava e levantá-la do chão era um trabalho mais apropriado para um guindaste do que para um tíbio e subdesenvolvido revolucionário. Quando a polícia chegou, minha mão estava presa na roda dentada, enquanto os rolos imprimiam continuamente passagens de Marx sobre minhas costas. Não me perguntem como consegui me safar e escapar pela janela dos fundos. Tive sorte em driblar a polícia e me esconder nas colinas entre os homens de Vargas.

**4 DE JUNHO**: Vocês não imaginam a paz nestas colinas. Dormir à luz das estrelas! Um grupo de homens dedicados em busca de um objetivo comum. Embora eu esperasse ter uma ou duas palavras a dizer sobre o planejamento da guerrilha, Vargas achou melhor me aproveitar como assistente do cozinheiro. O que não é um trabalho tão fácil quanto vocês devem estar pensando – com essa escassez de comida! –, mas alguém tem de desempenhá-lo e, com os devidos descontos, minha primeira refeição foi um sucesso. É verdade que nem todos os homens eram particularmente apreciadores de iguanas, mas não podemos ser muito exigentes e, fora um ou outro guerrilheiro com aversão gratuita a répteis, o jantar não teve maiores incidentes.

Entreouvi uma conversa de Vargas e ele está entusiasmado com nossas possibilidades. Acha que até dezembro controlaremos a capital. Seu irmão Luís, por outro lado – um homem introspectivo por natureza –, acha que é apenas uma questão de tempo até que morramos de fome. Os irmãos Vargas estão sempre discutindo questões de estratégia militar e ciência política, e é difícil imaginar que esses dois grandes chefes rebeldes eram, até a semana passada, faxineiros de um lavatório do Ritz. Enquanto isso, esperamos.

**10 de junho:** Passamos o dia fazendo ginástica. É espantoso como um bando de guerrilheiros está sendo transformado num verdadeiro exército. Na parte da manhã, Hernandez e eu nos adestramos no uso de nossos facões de mato e, graças a um excesso de zelo de meu companheiro, descobri que tinha sangue do tipo universal. O pior é a espera. Arturo tem um violão, mas só sabe tocar "Cielito Lindo" e, embora os companheiros tenham até gostado no começo, poucos ainda lhe pedem para tocar. Tentei preparar os iguanas de modo diferente e acho que todos gostaram, exceto alguns que tiveram de mastigar com mais força e se esforçar para engolir.

Entreouvi Vargas outra vez. Ele e seu irmão estavam falando sobre o que fazer depois que tomarmos a capital. Imagino o cargo que ele irá me reservar quando a revolução terminar. Mas acho que minha fidelidade verdadeiramente canina acabará compensando.

**1º de julho:** Um grupo de nossos melhores homens assaltou hoje uma cidade em busca de comida e teve oportunidade de empregar algumas das táticas que temos ensaiado. O grupo foi chacinado, mas Vargas considerou o ataque uma vitória moral de nossa parte. Os que não participaram do assalto sentaram-se ao redor da fogueira enquanto Arturo nos brindava com suas interpretações de

"Cielito Lindo". O moral continua alto, apesar da quase ausência de comida e armamentos, e do tempo custar a passar. Felizmente conseguimos nos distrair com o calor de 40 graus, o que me parece ser responsável pela maioria dos ruídos estranhos produzidos pelos homens. Mas nosso dia chegará.

**10 DE JULHO:** Tivemos um dia razoavelmente bom hoje, apesar de estarmos cercados pelos homens de Arroyo e reduzidos a poucos. Isto foi, em parte, minha culpa, porque revelei nossa posição ao gritar inadvertidamente socorro quando uma tarântula subiu pela minha perna. Durante alguns momentos, não consegui desagarrar a aranha que penetrava pelas minhas peças íntimas, fazendo-me girar em torno de mim mesmo e sair correndo para o riacho, onde fiquei cerca de 45 minutos. Quase em seguida, os homens de Arroyo abriram fogo. Lutamos bravamente, embora o ataque de surpresa tenha criado entre nós uma ligeira desorganização, a ponto de alguns companheiros atirarem uns contra os outros. Vargas, por exemplo, escapou por um fio quando uma granada de mão caiu aos seus pés. Consciente de que só ele era indispensável, mandou-me cair sobre ela, o que fiz prontamente. Por sorte, a granada não explodiu e escapei ileso, exceto por uma leve comichão e pela incapacidade de dormir a não ser que alguém segure a minha mão.

**15 de julho**: O moral dos companheiros parece estar subindo de novo, apesar de alguns revezes de pouca monta. Miguel, por exemplo, roubou alguns mísseis terrestres, mas confundiu-os com mísseis aéreos e, ao tentar explodir os aviões de Arroyo, acabou explodindo todos os nossos caminhões. Quando Miguel começou a levar a coisa na brincadeira, José ficou furioso e os dois brigaram. Em seguida, fizeram as pazes e desertaram juntos. Por falar nisso, a deserção seria um enorme problema, se, até agora, o nosso otimismo e espírito de união não a estivesse limitando a três entre quatro homens. É claro que continuo leal e cozinhando, mas os companheiros parecem continuar não avaliando a dificuldade de minha tarefa. (Falando espanhol claro, minha vida estará em perigo se eu não encontrar uma alternativa aos iguanas.) Não sei por que, às vezes, os soldados são tão intolerantes. Qualquer dia desses, vou surpreendê-los com uma novidade. Enquanto isto, continuamos esperando. Vargas anda em sua tenda e Arturo nos delicia com "Cielito Lindo".

**1º de agosto**: Apesar de tudo com que temos sido agraciados, não há dúvida de que transparece uma certa tensão em nosso quartel revolucionário. Pequenas coisinhas, que só os mais observadores notariam, indicam um certo desconforto subjacente. Por exemplo, houve algumas punhaladas entre os companheiros à medida que as brigas se tornaram mais frequentes. Da mesma forma, uma tentativa de assaltar um depósito de munições frustrou-se quando o foguete de sinalização que Jorge ia disparar explodiu acidentalmente em seu bolso. Todos os homens foram capturados exceto Jorge, que só foi apanhado depois de esmurrar umas dez portas pedindo para entrar. De volta ao campo, quando servi o suflê de iguana, os companheiros se insubordinaram. Vários me agarraram para que Ramon me espancasse com minha própria concha. Salvei-me miraculosamente por causa de uma tempestade cujos raios atingiram três homens. Finalmente, com as frustrações no auge, Arturo arranhou os primeiros acordes de "Cielito Lindo" e alguns dos companheiros menos chegados à música levaram-no para trás da rocha e o fizeram comer a guitarra.

Analisando agora o lado positivo, o enviado diplomático de Vargas, após inúmeras tentativas baldadas, concluiu finalmente um interessante acordo com a CIA, pelo qual, em troca de nossa inabalável fidelidade à política americana para sempre, eles se obrigavam a nos fornecer nada menos que 50 frangos defumados.

Vargas admite que talvez tenha sido um pouco apressado ao predizer para dezembro a nossa vitória e calcula que talvez leve mais algum tempo. O curioso é que deixou de consultar seus mapas da região e agora folheia com sofreguidão as vísceras de passarinhos e os horóscopos dos jornais.

**12 de agosto:** A situação piorou um pouco. Os cogumelos que colhi cuidadosamente, a fim de variar o menu, eram venenosos e, embora o único efeito desagradável tenha sido as convulsões que provocaram em todos os companheiros, alguns deles não se conformaram. Para completar, a CIA reconsiderou nossas chances de ganhar a guerra e, como resultado, ofereceu um almoço de reconciliação a Arroyo e a seu ministério no Wolfie's, em Miami. Isto, e mais os 24 bombardeiros que a CIA ofereceu de graça ao governo, Vargas interpretou como uma súbita mudança em suas preferências.

O moral continua razoavelmente alto e, embora a taxa de deserção tenha crescido, continua limitada àqueles que ainda conseguem andar. O próprio Vargas me parece um pouco mudado e deu para economizar barbante. Começa a desconfiar de que a vida sob o regime de Arroyo talvez não fosse tão péssima quanto ele imaginava. Tem até pensado em reorientar os companheiros que restaram, abandonar os ideais revolucionários e formar uma orquestra de rumba. Entrementes, as chuvas constantes provocaram uma avalancha nas montanhas, soterrando os irmãos Juarez em pleno sono. Mandamos um emissário a Arroyo com uma nova lista de nossas exigências, substituindo o parágrafo que tratava de sua rendição incondicional por uma receita de iguana. Vamos ver no que vai dar.

**15 de agosto:** Tomamos a capital! Os inacreditáveis detalhes são os seguintes:

Após longas deliberações, os companheiros votaram a favor de uma missão suicida, calculando que só o elemento surpresa poderia sobrepujar as forças indiscutivelmente superiores de Arroyo. À medida que marchávamos pela selva em direção ao palácio, a fome e a fadiga minaram lentamente uma parte da nossa obstinação, até que, perto de nosso destino, decidimos mudar de tática e começamos a rastejar para ver se dava melhor resultado. Pois bem. Rastejamos até a porta do palácio, cujos guardas nos prenderam e nos conduziram a Arroyo. O ditador levou em consideração o fato de nos termos rendido e, embora não abrisse mão de simplesmente estripar Vargas, permitiu que fôssemos apenas esfolados vivos. Reavaliando nossa situação à luz deste novo conceito, sucumbimos ao pânico e começamos a correr em todas as direções, enquanto os guardas abriam fogo. Vargas e eu corremos para cima e, procurando um lugar para nos escondermos, entramos no *boudoir* da Primeira Dama, onde a flagramos em contato ilícito com o irmão do ditador. Ambos ficaram meio atarantados. O irmão de Arroyo sacou a arma e disparou um tiro. Sem que ele o soubesse, isso serviu de sinal a um grupo de mercenários contratados pela CIA para nos expulsar das colinas em troca da permissão de Arroyo a que os

Estados Unidos instalassem aqui uma indústria de mariola. Os mercenários, algo confusos a respeito das últimas decisões da política externa norte-americana, atacaram o palácio por engano. Arroyo e seus asseclas julgaram ser aquilo uma traição e responderam ao fogo dos invasores. Ao mesmo tempo, uma antiga trama arquitetada por alguns maoístas para assassinar Arroyo desencadeou-se quando uma bomba colocada num tamale explodiu prematuramente, pulverizando a extrema esquerda do palácio e projetando a mulher e o irmão de Arroyo a um distante canavial.

Agarrando uma valise contendo o seu saldo bancário na Suíça, Arroyo tentou escapar pela porta dos fundos para alcançar um jatinho que mantinha sempre pronto pra tais emergências. O piloto conseguiu decolar entre as rajadas de balas, mas, no meio da confusão, apertou o botão errado, fazendo-o entrar em parafuso. Momentos depois, o jatinho explodiu justamente no esconderijo dos mercenários, causando-lhes tantas baixas que eles tiveram de se render.

Durante tudo isto, Vargas, nosso idolatrado líder, adotou a brilhante tática de esperar para ver no que dava, escondendo-se na lareira, disfarçado de núbio decorativo. Quando a barra ficou mais limpa, foi na ponta dos pés até a sala de Arroyo e assumiu o poder, tomando antes o cuidado de inspecionar a geladeira e capturar um sanduíche de pernil.

Celebramos durante a noite inteira e todo mundo se embriagou. Falei com Vargas em seguida a respeito das dificuldades de se governar um país. Embora acredite que eleições livres sejam essenciais a qualquer democracia, ele parece acreditar que ainda será preciso esperar um pouco até que o povo esteja preparado para votar. Enquanto isto, porá em funcionamento um sistema de governo que foi obrigado a improvisar, baseado na monarquia por direito divino.

Ah, sim. Minha lealdade foi recompensada, como eu esperava. Vargas permitiu que eu me sentasse à sua mão direita durante as refeições. E, além disso, agora sou responsável pela imaculada brancura das latrinas.

# Descoberta e Uso do Respingo Imaginário

Não há provas de que um respingo de tinta falsa (desses que podem ser preparados por qualquer criança munida de um laboratório químico infantil) tenha aparecido no Ocidente antes de 1921. No entanto, sabia-se que Napoleão se divertia muito com o anel elétrico, o velho brinquedinho que provoca choques quando em contato com a mão de algum otário. Napoleão costumava oferecer sua real mão em amizade a qualquer governante estrangeiro, aplicar-lhe um choque daqueles e rolar de rir, enquanto o envergonhado dignitário dançava um fandango para a corte.

O anel elétrico sofreu muitas modificações, das quais a mais famosa ocorreu depois da introdução da goma de mascar por Santa Anna (estou convencido de que a goma de mascar foi originalmente um prato preparado por sua mulher e que se recusava a ser engolido), quando tomou a forma de um pacotinho de chiclete de hortelã, equipado com um mecanismo de ratoeira. O otário, ao ser oferecido um chiclete, experimentava uma terrivel ferroada quando a mola disparava, esmagava as falanges, falanginhas ou falangetas. A primeira reação da vítima era a de dor; a segunda, de riso incontrolável; e a terceira, de total sabedoria. Não é segredo para ninguém que esta inocente brincadeira aliviou um pouco a tensão durante o terrível episódio do Álamo e, embora não tenha havido sobrevivente, os estudiosos acreditam que as coisas teriam sido ainda piores sem a falsa goma de mascar.

Com o advento da Guerra Civil, os norte-americanos tentaram cada vez mais escapar aos horrores de uma nação que se desintegrava e, enquanto os generais nortistas distraíram-se com ioiôs e bilboquês, Robert. E. Lee suportou inúmeros momentos cruciais através de seu brilhante uso da flor que esguicha. Nos primeiros tempos da guerra, ninguém se aproximou de Lee para sentir o delicioso aroma de seu "belíssimo cravo" sem levar um jato d'água pela cara. Quando as coisas pioraram para o Sul, no entanto, Lee limitou-se a colocar tachinhas nas cadeiras reservadas às pessoas de quem não gostava.

Depois da Guerra Civil e até o começo do século XX, o pó de mico e a lata de almôndegas, que disparava serpentes de celofane na cara da vítima, pareceram ter sido as únicas inovações nesta importante área do conhecimento humano. Comenta-se que J. P. Morgan era fã do pó de mico, enquanto o velho Rockefeller preferia a lata de almôndegas.

Então, em 1921, uma equipe de biologistas, reunidos em Hong Kong para comprar ternos, descobriu o que chamaremos de "respingo imaginário". Consiste num preparado que, "acidentalmente" respingado sobre um paletó ou camisa branca, deixa uma mancha horrível que, em poucos minutos, desaparece com água. Já era conhecida longamente no Oriente, e diz-se que várias dinastias mantiveram-se no poder pelo seu uso brilhante contra os irrepreensíveis quimonos dos inimigos.

Os primeiros respingos imaginários, pelo que se sabe, tinham mais de três metros de diâmetro e não enganavam ninguém. No entanto, com a descoberta dos conceitos de menor escala por um físico suíço – o qual descobriu que um objeto de determinado tamanho podia parecer menor se fosse "feito menor" –, os respingos imaginários conheceram o seu apogeu.

E isto aconteceu em 1934, quando Franklin Delano Roosevelt utilizou-os de forma surpreendente para acabar com uma greve na Pensilvânia. A causa da greve fora uma mancha de tinta que arruinara um inestimável sofá de alguém cujo nome se perdeu na história. Patrões e metalúrgicos acusaram-se mutuamente, até que estes últimos declararam a greve. Pois Roosevelt convenceu ambas as partes de que se tratava apenas de um respingo imaginário. Três dias depois, os operários voltaram ao trabalho.

# As Memórias de Schmeed

*O aparentemente inesgotável material literário sobre o Terceiro Reich será enriquecido agora com a publicação das Memórias de Friedrich Schmeed, já no prelo. Schmeed, o mais famoso barbeiro da Alemanha durante a guerra, fazia a barba, o bigode e o cabelo de Hitler e de outras importantes autoridades civis e militares do nazismo. Como se observou durante os julgamentos de Nuremberg, Schmeed parecia estar, não apenas no lugar certo na hora certa, como também se lembrava de tudo. Assim, quem melhor que ele para escrever sobre os mais recônditos segredos da Alemanha Nazista? A seguir, reproduzimos alguns excertos:*

Na primavera de 1940, uma enorme Mercedes parou na porta de minha barbearia, na Koenigstrasse 127, e Hitler saiu dela. "Dê uma ligeira aparada e não tire muito em cima", ele disse. Expliquei-lhe que teria de esperar um pouco, porque Ribbentrop estava na sua frente. Hitler disse que estava com pressa e perguntou a Ribbentrop se podia passar à frente, mas Ribbentrop argumentou que não ficaria bem para o Serviço Diplomático se fosse passado para trás. Hitler então passou a mão num telefone e, num segundo, Ribbetrop tinha sido mandado servir na África e, assim, Hitler pôde cortar o cabelo. Essa espécie de rivalidade sempre existiu. Certa vez, Goering fez com que Heydrich fosse detido sob uma acusação qualquer, apenas para ficar com a cadeira perto da janela. Goering era ligeiramente tarado, e só gostava de cortar o cabelo montado num cavalinho de pau. O alto comando nazista ficava embaraçado com isso, mas nada podia fazer. Um dia, Hess o desafiou: "Hoje quem vai montar no cavalinho sou eu, Marechal".

"Impossível", respondeu Goering. "Já o reservei para mim."

"Tenho ordens diretamente do Fuehrer. Estou autorizado a cortar o cabelo montado no cavalinho de pau."

E, assim dizendo, Hess tirou do bolso a ordem de Hitler. Goering ficou lívido. Nunca perdoou Hess e disse que, a partir daí, faria com que sua própria mulher lhe cortasse o cabelo em casa. Hitler achou graça quando soube disso, mas Goering estava falando sério e sem dúvida teria consumado seu intento se o Ministério do Exército não lhe tivesse indeferido a requisição de uma tesoura.

No tribunal, perguntaram-me se eu conhecia as implicações morais do que estava fazendo.

Repito agora o que respondi em Nuremberg: eu não sabia que Hitler era nazista. Durante anos, pensei que ele trabalhasse na companhia telefônica. Quando finalmente descobri o monstro que ele era, já era tarde, porque eu tinha dado a entrada numa mobília nova. Mas confesso que, quase no fim da guerra, cheguei a pensar em afrouxar um pouco o nó da toalha e deixar que alguns fios de cabelo caíssem sobre o seu uniforme. Mas sempre desistia no último minuto.

Em Berchtesgaden, certo dia, Hitler me perguntou: "Que tal eu ficaria de suíças?". Speer deu uma risada e Hitler sentiu-se ofendido. "Estou falando sério, Herr Speer. Acho que ficarei bem de suíças." Goering, com seu tradicional puxa-saquismo, logo concordou: "O Fuehrer de suíças – que ideia esplêndida!". Speer continuou discordando. Na verdade, ele era o único com idade suficiente para dizer ao Fuehrer quando este precisava cortar o cabelo. "Muito extravagante", continuou Speer. "Suíças são o tipo da coisa que eu associaria a Churchill." Hitler ficou furioso. Churchill também estava pensando em suíças? – ele quis saber. E, nesse caso, quantas e quando? Himmler, supostamente a cargo do serviço de inteligência, foi ordenado a investigar o assunto sem perda de tempo. Goering ficou irritado com a atitude de Speer e perguntou: "Por que está criando caso? Se ele quiser deixar crescer as suíças, o que você tem com isso?". Speer, geralmente tão educado, chamou Goering de hipócrita e disse que ele era um "inseto de uniforme". Goering jurou vingança, e comentou-se depois que teria mandado os guardas da SS quebrar as pontas dos lápis de Speer.

Himmler chegou correndo. Estava no meio de uma aula de sapateado quando o telefone tocou, convocando-o imediatamente a Berchtesgaden. A princípio pensou que se tratasse do extravio de um vagão carregado com milhares de línguas de sogra que Rommel tinha encomendado para sua ofensiva de inverno. (Himmler não costumava ser convidado a jantar em Berchtesgaden, porque enxergava mal e Hitler não tolerava vê-lo trazer o garfo à altura do rosto e mesmo assim errar a boca.) Himmler sabia que alguma coisa estava errada, porque Hitler chamou-o de "Baixinho", o que só fazia quando estava ligeiramente puto. Sem maiores delongas, o Fuehrer perguntou-lhe: "Churchill vai deixar crescer as suíças?".

Himmler ficou vermelho.

Hitler insistiu: "Vai ou não vai?".

Himmler admitiu que havia rumores nesse sentido, mas nada oficial, sabe como é. Quanto ao número de suíças e ao comprimento, arriscou que provavelmente seriam duas e de tamanho médio, mas que era arriscado fazer qualquer previsão. Hitler deu um berro e esmurrou a mesa. (O que Goering considerou uma vitória sua sobre Speer.)

Hitler abriu um mapa e mostrou-nos como iria cortar o suprimento inglês de toalhas quentes. Bloqueando o estreito das Dardanelas, Doenitz poderia impedir que as toalhas fossem desembarcadas. Mas o problema básico continuava: Hitler poderia ganhar de Churchill em matéria de costeletas? Himmler afirmou que, se Churchill já tivesse começado, seria impossível apanhá-lo. Goering, um otimista inconsequente, garantiu que o Fuehrer talvez pudesse crescer suas suíças mais depressa, se toda a Alemanha se concentrasse num esforço conjunto. Von Rundstedt, numa reunião do Estado-Maior, foi de opinião que seria um erro tentar crescer as costeletas nos dois lados ao mesmo tempo, e que talvez fosse mais aconselhável concentrar todos os esforços numa única e vistosa costeleta. Hitler respondeu que seria capaz de crescê-las nas duas faces simultaneamente. Rommel concordou com Von Rundstedt: "Elas nunca crescerão por igual, *mein Fuehrer*, se o senhor apressá-las". Hitler ficou uma fera e disse que este era um assunto entre ele e seu barbeiro. Speer prometeu que poderia triplicar nossa produção de creme de barbear até o outono, e Hitler ficou eufórico. Então, no inverno de 1942, os russos lançaram uma contra-ofensiva e as costeletas tiveram de ser abandonadas. Hitler começou a temer que, em breve, Churchill ganhasse um *new look,* enquanto ele continuaria "O mesmo". Mas pouco depois recebemos a informação de que

Churchill também abandonara a ideia por causa dos custos. Mais uma vez o Fuehrer provara que tinha razão.

Depois da invasão aliada, o cabelo de Hitler tornou-se ressecado e rebelde. O que deveu-se em parte ao sucesso dos aliados e também por causa de Goebbels, que o aconselhou a lavá-lo todos os dias. Quando o general Guderlan soube disto, retornou imediatamente da frente soviética e disse ao Fuehrer que ele não deveria lavar o cabelo com xampu mais do que três vezes por semana, porque este fora o procedimento seguido com grande sucesso pelo Estado-Maior em duas guerras anteriores. Hitler, mais uma vez, ignorou o conselho de seus oficiais e continuou a lavá-lo diariamente. Bormann ajudava Hitler na hora de enxaguar e parecia estar sempre por perto com um pente. Em pouco tempo, Hitler tornou-se dependente de Bormann e, quando tinha de se olhar num espelho, mandava Bormann se olhar primeiro. À medida que os exércitos aliados marchavam para leste, o cabelo de Hitler piorava. Seco e despenteado, passava horas por dia ruminando que faria uma magnífica barba e cabelo quando a Alemanha ganhasse a guerra. Talvez até fizesse as unhas. Hoje sei que, no fundo, ele nunca teve intenção de fazer nada disso.

Um dia, Hess apossou-se da brilhantina de Hitler e zarpou para a Inglaterra. O alto-comando alemão ficou furioso, achando que Hess tencionava dá-la aos aliados em troca de anistia para si próprio. Hitler ficou particularmente irritado ao saber da notícia, porque tinha justamente acabado de sair do banho e se preparava para se pentear. (Mais tarde, Hess explicou em Nuremberg que seu plano consistia em tornar os cabelos de Churchill mais sedosos, numa tentativa de acabar com a guerra. Disse que chegou a atrair Churchill para a bacia, mas que naquele momento foi preso.)

Em 1944, Goering deixou crescer o bigode, o que provocou comentários de que ele seria o substituto de Hitler. Hitler não gostou nem um pouco e acusou Goering de deslealdade. "Só pode haver um bigode entre os líderes do Reich, e este bigode é o meu!", gritou. Goering argumentou que dois bigodes tornariam o povo alemão mais confiante quanto à vitória na guerra, a qual parecia cada vez mais difícil. Mas Hitler não pensava assim. Então, em janeiro de 1945, o plano de vários generais, de raspar o bigode de Hitler enquanto ele dormisse e proclamar Doenitz o novo líder, fracassou, porque Von Stauffenberg, trabalhando à meia-luz, raspou por engano uma sobrancelha do Fuehrer. Proclamou-se o estado de emergência e Goebbels apareceu correndo em minha barbearia: "Houve um atentado contra o bigode do Fuehrer, mas fracassou!", disse tremendo. Então Goebbels pediu-me que me dirigisse pelo rádio ao povo alemão, o que fiz da maneira mais breve possível: "O Fuehrer está bem. Ainda conserva seu bigode. Repito: O Fuehrer ainda tem seu bigode. Uma tentativa de raspá-lo fracassou".

Já no fim da guerra, estive com Hitler no bunker. Os exércitos aliados aproximavam-se de Berlim, e Hitler achava que se os russos chegassem primeiro, ele precisaria de um corte completo, mas que, se fossem os americanos, bastaria fazer o pé do cabelo. Houve uma discussão. No meio disso, Bormann quis fazer a barba e tive de prometer-lhe que iria afiar a navalha. Hitler parecia distraído. Falou vagamente em repartir o cabelo no meio e comentou que a invenção do barbeador elétrico iria virar a guerra a favor da Alemanha. "Poderemos nos barbear em segundos, hem, Schmeed?". Falou ainda de outros planos mirabolantes e manifestou a intenção de que, algum dia, iria não apenas cortar o cabelo, mas também mudar de penteado. Obcecado como sempre por questões de tamanho, disse que deixaria crescer um gigantesco topete – "um topete que faria o mundo tremer e que precisaria de um batalhão inteiro para pentear". Finalmente, apertamos as mãos e cortei-lhe pela última vez o cabelo. Ele me deu um *pfennig* de gorjeta e disse: "Daria mais se pudesse, mas, desde que os aliados tomaram a Europa, tenho andado sem troco".

# Coleção **L&PM** POCKET

1275. **O homem Moisés e a religião monoteísta** – Freud
1276. **Inibição, sintoma e medo** – Freud
1277. **Além do princípio de prazer** – Freud
1278. **O direito de dizer não!** – Walter Riso
1279. **A arte de ser flexível** – Walter Riso
1280. **Casados e descasados** – August Strindberg
1281. **Da Terra à Lua** – Júlio Verne
1282. **Minhas galerias e meus pintores** – Kahnweiler
1283. **A arte do romance** – Virginia Woolf
1284. **Teatro completo v. 1: As aves da noite** *seguido de* O visitante – Hilda Hilst
1285. **Teatro completo v. 2: O verdugo** *seguido de* A morte do patriarca – Hilda Hilst
1286. **Teatro completo v. 3: O rato no muro** *seguido de* Auto da barca de Camiri – Hilda Hilst
1287. **Teatro completo v. 4: A empresa** *seguido de* O novo sistema – Hilda Hilst
1289. **Fora de mim** – Martha Medeiros
1290. **Divã** – Martha Medeiros
1291. **Sobre a genealogia da moral: um escrito polêmico** – Nietzsche
1292. **A consciência de Zeno** – Italo Svevo
1293. **Células-tronco** – Jonathan Slack
1294. **O fim do ciúme e outros contos** – Proust
1295. **A jangada** – Júlio Verne
1296. **A ilha do dr. Moreau** – H.G. Wells
1297. **Ninho de fidalgos** – Ivan Turguêniev
1298. **Jane Eyre** – Charlotte Brontë
1299. **Sobre gatos** – Bukowski
1300. **Sobre o amor** – Bukowski
1301. **Escrever para não enlouquecer** – Bukowski
1302. **222 receitas** – J. A. Pinheiro Machado
1303. **Reinações de Narizinho** – Monteiro Lobato
1304. **O Saci** – Monteiro Lobato
1305. **Memórias da Emília** – Monteiro Lobato
1306. **O Picapau Amarelo** – Monteiro Lobato
1307. **A reforma da Natureza** – Monteiro Lobato
1308. **Fábulas** *seguido de* Histórias diversas – Monteiro Lobato
1309. **Aventuras de Hans Staden** – Monteiro Lobato
1310. **Peter Pan** – Monteiro Lobato
1311. **Dom Quixote das crianças** – Monteiro Lobato
1312. **O Minotauro** – Monteiro Lobato
1313. **Um quarto só seu** – Virginia Woolf
1314. **Sonetos** – Shakespeare
1315. (35). **Thoreau** – Marie Berthoumieu e Laura El Makki
1316. **Teoria da arte** – Cynthia Freeland
1317. **A arte da prudência** – Baltasar Gracián
1318. **O louco** *seguido de* Areia e espuma – Khalil Gibran
1319. **O profeta** *seguido de* O jardim do profeta – Khalil Gibran
1320. **Jesus, o Filho do Homem** – Khalil Gibran
1321. **A luta** – Norman Mailer
1322. **Sobre o sofrimento do mundo e outros ensaios** – Schopenhauer
1323. **Epidemiologia** – Rodolfo Sacacci
1324. **Japão moderno** – Christopher Goto-Jones
1325. **A arte da meditação** – Matthieu Ricard
1326. **O adversário secreto** – Agatha Christie
1327. **Pollyanna** – Eleanor H. Porter
1328. **Espelhos** – Eduardo Galeano
1329. **A Vênus das peles** – Sacher-Masoch
1330. **O 18 de brumário de Luís Bonaparte** – Karl Marx
1331. **Um jogo para os vivos** – Patricia Highsmith
1332. **A tristeza pode esperar** – J.J. Camargo
1333. **Vinte poemas de amor e uma canção desesperada** – Pablo Neruda
1334. **Judaísmo** – Norman Solomon
1335. **Esquizofrenia** – Christopher Frith & Eve Johnstone
1336. **Seis personagens em busca de um autor** – Luigi Pirandello
1337. **A Fazenda dos Animais** – George Orwell
1338. **1984** – George Orwell
1339. **Ubu Rei** – Alfred Jarry
1340. **Sobre bêbados e bebidas** – Bukowski
1341. **Tempestade para os vivos e para os mortos** – Bukowski
1342. **Complicado** – Natsume Ono
1343. **Sobre o livre-arbítrio** – Schopenhauer
1344. **Uma breve história da literatura** – John Sutherland
1345. **Você fica tão sozinho às vezes que até faz sentido** – Bukowski
1346. **Um apartamento em Paris** – Guillaume Musso
1347. **Receitas fáceis e saborosas** – José Antonio Pinheiro Machado
1348. **Por que engordamos** – Gary Taubes
1349. **A fabulosa história do hospital** – Jean-Noël Fabiani
1350. **Voo noturno** *seguido de* Terra dos homens – Antoine de Saint-Exupéry
1351. **Doutor Sax** – Jack Kerouac
1352. **O livro do Tao e da virtude** – Lao-Tsé
1353. **Pista negra** – Antonio Manzini
1354. **A chave de vidro** – Dashiell Hammett
1355. **Martin Eden** – Jack London
1356. **Já te disse adeus, e agora, como te esqueço?** – Walter Riso
1357. **A viagem do descobrimento** – Eduardo Bueno
1358. **Náufragos, traficantes e degredados** – Eduardo Bueno
1359. **Retrato do Brasil** – Paulo Prado
1360. **Maravilhosamente imperfeito, escandalosamente feliz** – Walter Riso
1361. **É...** – Millôr Fernandes
1362. **Duas tábuas e uma paixão** – Millôr Fernandes
1363. **Selma e Sinatra** – Martha Medeiros
1364. **Tudo que eu queria te dizer** – Martha Medeiros
1365. **Várias histórias** – Machado de Assis

lepmeditores
**www.lpm.com.br**
**o site que conta tudo**

IMPRESSÃO:

**PALLOTTI**
GRÁFICA

Santa Maria - RS | Fone: (55) 3220.4500
*www.graficapallotti.com.br*